Kadokawa Fantastic Novels
告白執行委員會
青春偶像輯
羅密歐
告白預演系列 14
原案 HoneyWorks
作者 香坂茉里

LIP×LIP
Yujiro & Aizo

內頁插圖／島陰涙亞

CONTENTS

目 錄

× introduction ~前奏曲~

我討厭這個狹窄至極的世界。

我想要一個能夠真正做自己的地方。
想要一個能夠認同我的地方。
那個光輝燦爛的世界，讓我嚮往又著迷不已，因此踏出了一步。

在那裡，「我們」相遇了——

在蔚藍天空籠罩下，公園裡充斥著孩童的嘻鬧聲。
每當一陣風吹來，樹木枝葉在地面落下的影子也跟著搖曳。

introduction
～前奏曲～

在這片樹蔭處努力練舞的兩個男孩子，在跳完一首歌後稍作歇息。

「啊……抱歉，我中途搞錯舞步了。」

將一頭短髮紮成小馬尾的柴崎愛藏垂下頭開口道。

另一個以雙手撐在大腿上喘氣的男孩子，則是抬頭仰望了天空一眼，然後拿起放在長椅上的寶特瓶。他的名字是染谷勇次郎。

這兩人都有著端整到讓人想多看一眼的臉蛋。

「節奏白痴……」

勇次郎輕聲這麼開口後，仰頭灌下寶特瓶裡的礦泉水。

「還真是對不起喔！」

聽到愛藏以不悅的語氣反擊，勇次郎將自己那瓶水硬塞給他。

「關於這邊的動作……」

勇次郎輕快地踩了幾下舞步，然後詢問愛藏：「感覺流暢度不夠？」

「……感覺確實有點不順呢～」

兩人像這樣跟彼此討論舞步，並配合曲子反覆確認動作。

雖然偶爾會討論到快要吵起來的程度，但他們仍持續練習了兩小時左右。

一個看似對他們很感興趣的小男孩走近。

「大哥哥，你們在做什麼～？」

聽到小男孩的提問，兩人停止討論，「「嗯？」」一起轉過頭來。

「我們在練習跳舞。」

勇次郎這麼回答。

「哦～為什麼啊？」

「你問為什麼……因為……」

說著，愛藏朝勇次郎瞄了一眼。

「「我們是偶像藝人啊！」」

兩人同時這麼回答，然後露齒燦笑。

「雖然是之後才會變成偶像藝人就是了。」

「但這也跟已經是偶像藝人差不多了啦。」

聽到兩人這麼說，小男孩雙眼發亮地表示：「好厲害喔！」

introduction

～前奏曲～

他的反應讓愛藏和勇次郎先是面面相覷，接著有些難為情地移開視線。

「差不多該回事務所了。如果遲到，又得被唸一頓嘍！」

聽到公園裡的時鐘發出告知現在時刻兩點的鐘響，愛藏連忙這麼催促。

「還有十分鐘的話，應該綽綽有餘吧？」

「你每次都這麼說，最後還是遲到了。動作快啦！」

說著，愛藏一把抓起放在長椅上的包包。

雙手捧著球的小男孩目送著這樣的兩人離去。

一旁的噴水池濺出來的細膩水花，讓池旁出現一道小小的彩虹。

ＬＩＰ×ＬＩＰ。

這是兩人最後決定的團體名。

在國三那年通過甄選會的勇次郎和愛藏，一起朝向出道這個目標拔腿衝刺——

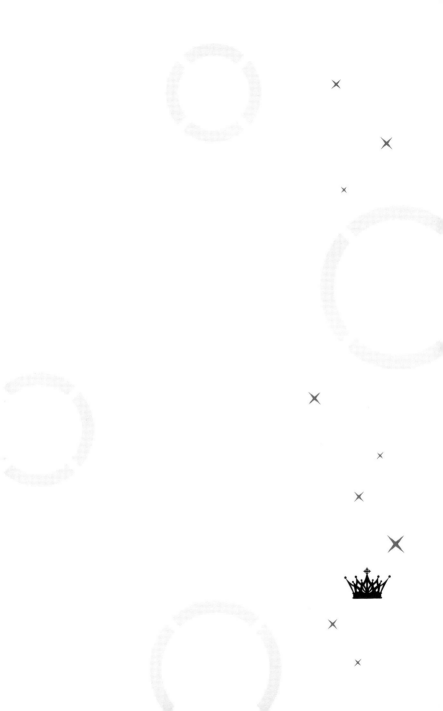

這位淑女，妳好，
我為了追求真愛，
lesson1 ~課程1~
而從西之國
來這裡見妳一面。

lesson 1 ～課程1～

一

在舞蹈教室的練習室裡頭，老師配合曲子的節奏舞動身體。勇次郎和愛藏則是站在老師的後方一起跳舞，同時努力將舞步記起來。

雖然比第一次練習時更記得整體的動作，但愛藏要是太專注在舞步上，手和頭的動作就很容易跟不上拍子。

緊盯著老師舞姿的勇次郎，則是幾乎能完美呈現出每一個動作。

曲子結束後，老師拍了一下手表示：「好，辛苦嘍！」

「呼～！」愛藏吐出一口氣，以T恤的袖子抹去臉上的汗水。

勇次郎則是垂下頭，將雙手撐在膝蓋上。汗水也不斷從他的額頭流淌下來。

看他氣喘吁吁的模樣，體力應該差不多耗盡了吧。

lesson 1

～課程1～

（嗯……畢竟這裡的練習很吃力嘛。）

除了肌力訓練和基本的體能訓練以外，他們已經跳了兩首老師準備的舞步練習用曲子。剛才那首是第三首。開始練習之後，已經超過了兩小時，這段時間，兩人幾乎不曾停下來休息過。

「那我們稍微休息一下吧。」

聽到老師這麼指示，兩人點點頭。

「勇次郎，你得多提升自己的體力才行。另外，你的動作雖然很優美，但我希望能再俐落一點呢。下次跳的時候，試著放一點力道進去吧。」

勇次郎一邊擦汗，一邊抬起頭以「是」回應。

他的嗓音聽起來似乎有些沮喪。

「至於愛藏，你偶～爾會跟不上拍子喲～」

看到老師以食指指著自己這麼說，愛藏連忙低頭道歉：「咦！是的，非常抱歉！」

「因為我還沒辦法記住所有動作……」

他像是為了迴避勇次郎的視線那樣別過臉去，小小聲這麼說。

「嗯～不過，你的運動能力果然很不錯，而且基本功都有做到。重點在於如何改掉出錯時總會蒙混過去的毛病呢～」

「是的……我會注意……」

「那麼，我們休息十分鐘再開始練習。再練一次，今天的課程就到此為止。先好好休息一下吧。也要記得補充水分喔！」

待老師走出練習室後，愛藏和勇次郎有些尷尬地各自望向不同的地方。

今年春天，他們倆不約而同地報名了偶像藝人的徵選會。

能順利通過最終審核是很好，但原本應該各自出道的他們，不知為何被安排成雙人團體的形式出道。

（真是的，根本是詐欺嘛……）

愛藏露出一臉不悅的表情。或許也在思考同一件事，勇次郎的眉心則是擠出了好幾道皺紋。

然而，埋怨這件事，也不會讓現況出現任何改變。這可是兩人好不容易掌握到的出道機會。

就算彼此有些合不來，除了忍耐，也別無他法了吧。

如果接下來必須共事很長一段時間，愛藏就希望能和對方好好相處。雖然勇次郎是他完全不想主動打交道的類型，但作為工作伙伴倒是值得信賴——愛藏基本上是這麼想的。

勇次郎是真心想成為一名偶像藝人。關於這點，愛藏比任何人都更清楚。

而勇次郎應該也明白愛藏同樣是認真想走這條路。

所以，雖然嚴正抗議過這樣的決定，但兩人最後還是同意組成雙人團體。

自己絕對無法和意志不夠堅定的人組成團體。

只是，愛藏還是多少想改善兩人之間不太自在的氣氛。畢竟，如果能維持良好的關係，不管做什麼，一定都會更加順利。

他嘗試以自己的做法，努力和勇次郎拉近關係，但至今仍看不到理想的進展。

（這種時候……應該要主動跟他搭話嗎？）

愛藏一瞬間這麼猶豫，然而，他找不到適當的開場白。

他不覺得自己是不擅長與人交際的個性。在學校，愛藏算是朋友偏多的人。再加上他不怕生，因此，即使是初次見面的對象，他也不會為了應對而傷腦筋。

但不知為何，在面對勇次郎時，他的交際能力就是派不上用場。

（打從一開始，他就是一副想找人吵架的態度，要不然就是乾脆拒絕和我對話。這樣我也……）

像是在警告「別跟我說話」那樣，在自己周圍打造出透明高牆的勇次郎朝長椅走去。

（真是不可愛的傢伙……）

這大概是他跟勇次郎相遇之後，第五十次湧現這樣的感想。

勇次郎有著感覺會受女孩子青睞的外貌，乍看是個平易近人、個性溫和的男孩子。

不過，這幾個月相處下來，愛藏徹底了解到自己的工作伙伴，其實是個表裡不一的人物。

頑固、不知變通，又老愛像這樣擺臭臉。

面對其他人時，勇次郎明明會大方表現出令人喜愛的一面，但在愛藏面前卻完全不這麼做。

個性這麼難相處，真虧他會想當偶像藝人。

（雖然我也沒什麼資格說別人就是了啦……）

每個人多少都經歷過什麼，或是承擔著什麼。他跟勇次郎還沒有熟識到能夠踏進對方這一塊領域。

（只要他好好工作，就沒問題了吧。）

lesson 1

～課程1～

關於這點，愛藏可說是壓根不覺得擔心。

只要勇次郎有心戴上他擅長的假面具，想在人前扮演成跟愛藏感情融洽的模樣，絕對不成問題。

愛藏有時反而會因為跟不上他的態度轉變，結果不慎做出露出馬腳的反應。

嘆了一口氣之後，愛藏移動到靠牆處。他並不打算刻意朝勇次郎走近，但兩人的包包都放在同一張長椅的旁邊。

原本想拿出毛巾擦汗，但愛藏實在不太想繞過站在長椅旁的勇次郎伸出手。

（唉，算了……）

再跳完一首歌，今天的練習就結束了。

他癱坐在地上，以衣袖拭去汗水後，拎起自己擱在地上的寶特瓶。

正打算扭開瓶蓋喝水時，一條毛巾啪地蓋在愛藏頭上。

那是他放在自己包包上的毛巾。

「……想要我幫你拿的話，可以直接說啊？」

勇次郎望向一旁，帶著一臉難以親近的表情這麼說，然後舉起水瓶喝水。

「……也不需要用扔的吧？」

愛藏扯下蓋在頭上的毛巾咕噥。

只要坦率地說一句謝謝就好。儘管心裡明白，但愛藏的雙唇一直緊抿著，遲遲說不出口。

在擦汗休息時，兩人都維持著沉默不語的狀態。

就算跟對方搭話，八成也只會得到冷淡的回應。

愛藏思考了半晌，仍找不到任何能和勇次郎聊的話題。為了掩飾尷尬，他將寶特瓶湊近嘴邊。

過了十五分鐘後，老師回來了。

原本說休息十分鐘，似乎又改變心意讓兩人休息久一點。

「那我們開始吧。」

勇次郎和愛藏一起喊出：「「是！」」然後起身。

練習結束後，走出舞蹈教室時，外頭已是太陽西沉的時分。

街上的燈光倒映在下過雨的馬路上。

（肚子餓了……買點吃的再回去吧……）

愛藏這麼想著，從大樓旁邊的腳踏車停車場牽出自己的腳踏車。

這時，他不經意瞥見勇次郎呆站在自動門外頭仰望天空的身影。

愛藏順著他的視線往上，但只能從眾多高樓大廈的縫隙之中看見幾朵雲。

（他在想什麼呢……）

跟勇次郎認識後，兩人共處的時間至今也不過幾個月而已。這樣的他在想什麼，愛藏不可能知道。

再加上勇次郎的表情缺乏變化，因此更難判斷他當下的情緒。

說起來，他是真心想知道勇次郎在想什麼嗎——

就算不清楚勇次郎的想法，只要不會為工作帶來影響，就沒有問題。畢竟愛藏也沒有打算跟他變成朋友。

將雙手握上手把，準備跨上腳踏車時，愛藏卻又停下了動作。

猶豫片刻後，他下定決心試著以「嗳！」一主動搭話。

勇次郎將原本仰望天空的視線拉回來，轉頭望向愛藏。

或許是因為剛才的舞蹈課讓他筋疲力盡了吧，現在的勇次郎身上，感覺不到平常那種渾身是刺的警戒。

眼神看起來也很呆滯，一副想睡覺的模樣。

「你要怎麼回去？」

「……家裡會開車來接我。」

（什麼啊，真令人羨慕……）

反觀自己，即使在上完舞蹈課之後累個半死，也只能乖乖踩三十分鐘的腳踏車回家。早知道就不問了——愛藏這麼想著，嘆了一口氣後騎上腳踏車。

「先走啦……」

勇次郎沒有回應愛藏的道別。雖然希望他至少回一句：「辛苦了。」但畢竟自己也沒有這麼慰勞對方，所以兩人其實是彼此彼此。

愛藏對雙腳使力，踩下踏板。

不知為何，兩人之間總有種「先說出這種話的人就輸了」的氛圍，他實在說不出口。

看在他人眼中，可能會覺得連打個招呼都要較勁，未免太可笑了，但這點愛藏可無法讓步。

既然要組成雙人團體，他希望自己能掌握主導權，所以不可能先放低身段。

（我的戰鬥還真是小家子氣耶……）

踩著腳踏車前進的愛藏不禁苦笑。

來到斑馬線前方時，他停下腳步轉身，發現一輛車停在舞蹈教室的大樓外頭。

勇次郎坐上後座後，車子隨即發動。

轎車從愛藏身旁駛過時，他一瞬間瞥見車窗後方的勇次郎朝自己吐舌做鬼臉。

（那傢伙～～！）

愛藏忿忿地想怒瞪回去，但車子早已疾駛而去。

（下次絕對要重挫他的士氣！）

愛藏緊緊握拳，隨後又小聲補上一句：「雖然不知道要怎麼做啦。」

儘管有著相當清秀的樣貌，勇次郎內在卻是個粗神經的人。想讓他灰心沮喪，恐怕沒這麼簡單。

就算為了他的事而發火，也只是白白浪費自己的力氣。

嘆了一口氣之後，愛藏再次踩下踏板。

確定要出道後，諸如發聲訓練和舞蹈練習等等，要做的事情可說是多如山積。也因為這樣，愛藏幾乎每天都跟勇次郎在一起。

每次練習一定會在晚上七點前結束，是基於事務所想避免讓兩人太晚回家的顧慮。

雖然愛藏再晚一點回家也無所謂，但勇次郎有必須遵守的門禁時間。

而他家開車接送他的原因，與其說是擔心，不如說是為了不讓他晚上在外遊蕩或許比較貼切。

畢竟勇次郎還是國中生，這樣的安排，要說正常的話其實也算正常。像愛藏家那樣不會管東管西的家庭，可能還罕見一些。

愛藏的母親總在接近深夜時才返家，有時甚至不會回家。他們家沒有門禁，比自己年長一歲的哥哥，從國中開始就幾乎都不在家，但母親並沒有因為這樣斥責過他。而愛藏的情況也一樣。

與其說是放任孩子自由發展，倒不如說是對孩子的行動沒有興趣也不會想去關心。

跟勇次郎比起來，愛藏覺得沒什麼約束的自己家或許還好一點。

勇次郎的家，似乎代代承襲歌舞伎的稱號至今。他的父親就是知名的歌舞伎演員。

說自己不在意是騙人的。

聽聞這件事的那天，愛藏便稍微上網查了一下，但到處都沒看到和勇次郎相關的情報，所以也無從得知他在那個家裡過著什麼樣的生活。

不用說，勇次郎本人當然不曾提及這些。

愛藏也不會跟勇次郎說自己家裡的事。因為這和兩人的工作無關。

不過，每天這樣相處下來，愛藏大概能感覺出來。

對他們倆來說，「家」恐怕不是能讓自己安心的棲身處。

雖然兩人無論個性、興趣、喜好和專長都不同，但唯獨這點，讓愛藏有種「這傢伙也是一樣的嗎」的感覺。

（就算回到家了，他一樣得繼續練習嗎……）

打從懂事之後，就為了站上舞台而持續接受嚴苛的訓練。對歌舞伎演員來說，這樣的世界理所當然。

勇次郎恐怕也是這樣吧。

新的舞步他總是學一次就會，即使是第一次接觸的歌曲，他也能順利地唱出來。

一開始，這樣的勇次郎讓愛藏震驚不已，也讓他為了彼此之間的能力差距感到焦急；但現在稍微明白勇次郎的家庭狀況後，他覺得能夠理解了。

想必是從年幼時期勤勉練習至今的經驗，讓勇次郎祭出這樣的成果吧。

lesson 1
～課程1～

跟舞蹈和歌唱完全靠自學的愛藏不同。

（打從一開始，我們累積的經驗值就不一樣啊……）

愛藏乘著晚風，將腳踏車騎下坡道。

他抬頭望向變得有些明亮的夜空，發現原本被雲朵遮掩的月亮探出頭來。

我豈能輸給他呢——

讓愛藏陷入這種心情的，是他天真的想法，以及不夠成熟的能力。關於這點，他自己再清楚不過。

這個雙人團體，是他們好不容易抓住的夢想。好不容易獲得的棲身之所。

他不能拖累勇次郎。

雖然知道自己似乎有點認真過頭了，但愛藏得鼓起這種程度的幹勁，才不會讓自己再次陷入無謂的不安之中。

這個雙人團體才剛成立。什麼都還沒有開始。

他們連出道曲都還沒有決定。

回想起勇次郎臉上帶著幾分得意的神情後，愛藏從腳踏車坐墊上微微抬起上半身。

腳踏車從斜坡上一鼓作氣往下衝。

「下次，我絕對要重挫他的士氣！」

這麼發誓的愛藏，以站著的姿勢奮力踩下踏板。

二

回到家後，勇次郎穿過走廊，準備前往自己位於別屋的房間。

「你為什麼到這種時間才回家？我說過多少次了，練習絕不能遲到。」

「我跟朋友……忙著做文化祭的準備……所以晚了點……」

父親的怒斥聲和弟弟光一郎怯怯回應的嗓音，讓他在書房外頭停下腳步。

「你不是忘了就快公演了吧？不把練習當一回事的人，沒有資格站上舞台！」

「這種事情我也明白啊！」

「你可是得繼承這個家的人。給我表現得像樣一點！」

即使在走廊上，也能聽見父親的怒吼和用力拍桌的聲音。

勇次郎沒有必要站在這裡聽這些，而且也不想聽。儘管如此，他的雙腳卻動不了。

lesson 1
～課程1～

感受著某種灰暗情感在胸口慢慢擴散開來，他忍不住緊緊咬住下唇。

不過是無趣的小事。

即使這麼想，這件「無趣的小事」依舊像一塊大石頭那樣，一直重重壓在他的心上。

只要還待在這個家裡，這樣的狀況想必就會永遠持續下去——

「既然你對我這麼不滿意……讓那個人來試試看不就好了嗎……反正你也不可能這麼做……！」

看到日式拉門被人用力拉開，勇次郎這才回過神來。

衝出來的弟弟猛地擦撞到他的肩膀，讓他踉蹌了幾步。

光一郎的眼中一瞬間閃過動搖的反應。

他恐怕沒想到剛才的對話會被勇次郎聽到吧。

「……幹嘛啦？」

看到光一郎以不耐的眼神怒瞪自己，勇次郎一下子不知該如何開口回應。

「…………這跟自私逃跑的你沒有關係！」

丟下這句話後，光一郎便衝上二樓。

「啊……光一郎，你不是應該練……」

「吵死了！」

母親和弟弟的聲音從二樓的走廊傳來。

一股空洞感在勇次郎的胸口緩緩蔓延開來。

自私逃跑——

忍不住垂下頭的時候，一個「勇次郎」的呼喚聲傳入耳中。

他轉過頭，發現父親從房裡走了出來。他的表情看起來比平常更嚴肅而令人生畏。

「我回來了。」

勇次郎瞬間收起臉上一切的表情，朝父親輕輕一鞠躬。

「別連你都在外頭閒晃到太晚。」

「是……」

勇次郎直直盯著自己的腳邊，直到完全聽不見父親的腳步聲為止。

他並沒有逃跑。

他沒有被選中。這裡已經沒有他的棲身之處。

就只是這樣罷了。

勇次郎勉強壓抑住湧上心頭的情緒，然後慢慢抬起頭。

走下樓梯的母親看到他，有些疑惑地輕喚：「歡迎回來，勇次郎。」

「媽，我回來了。」

勇次郎以一個若無其事的微笑回應。母親這才露出放心的表情。

回到房裡窩著的勇次郎戴上耳機，倚著床上的床頭板聽音樂。

他伸出手將窗簾拉開一些，發現院子裡透出微微的亮光。

那是來自練習室的光源。大概是父親獨自在裡頭練習吧。

勇次郎並不討厭他。應該說父親專注於磨練自身技藝的態度，以及那股熱情，反而令他尊敬不已。

第一次見到父親時，一臉嚴肅的他，讓勇次郎有些畏懼。

戰戰兢兢地開口打招呼後，父親蹲下來摸了摸他的頭，露出淺淺微笑表示：「你看起來是個聰明的孩子。」

在那之後，為了成為這個家的孩子——

勇次郎中止了這段朦朧的思考。

現在再去想這些也沒有用。

都已經是過去的事情了。

他回想起舞蹈教室的老師今天對自己說的話。

動作雖然優美，卻不夠俐落——

或許跟自己過去一直都是練習日本舞也有關吧。身體已經牢牢記住日本舞的技巧，實在很難一下子改變跳法。這點勇次郎也有所自覺。

（那傢伙……都是怎麼練習的啊？）

在通過甄選會前，愛藏似乎並沒有特別去舞蹈教室上過課。

也沒聽說他接受過專業的發聲訓練。儘管如此，老師卻時常稱讚他的聲音很嘹亮。

年紀還小的時候，愛藏疑似就參加過歌唱比賽，最後也有得獎。

他的肺活量很不錯，也有在鍛鍊腹肌，所以聲音才會如此有力吧。

（雖然也有可能只是因為他嗓門總是很大而已。）

要說發聲訓練，勇次郎也是從小時候就開始進行了。

對音程的判斷能力和節奏感，他有一定的自信。一般歌曲他聽一次就能記住，也可以自己唱出來。

不過，他現在還是不太習慣偶像唱歌的方式。

這明明是他不惜捨棄一切，也要投身的世界才對——

從孩提時代培養起來的習慣和能力，是無法捨棄的東西。

實際上，這些讓勇次郎巴不得拋下的東西，有時確實也會成為他的助力。

這也能算是一種牽絆他的存在嗎？

組成雙人團體經過幾個月後，愛藏飛快的成長速度，以及他敏銳的感官直覺，讓勇次郎嘆為觀止。

每次上發聲訓練和舞蹈課時，都能在他身上看到明顯的進步。

前幾天的舞蹈課亦是如此。

一開始，愛藏原本還無法記住所有的舞步，有時會抓不到節拍或是跳錯舞步。然而，練習第二次、第三次的時候，他幾乎就能完美地跳完整首歌了。

老師也說愛藏的運動能力很不錯。或許是因為這樣，他才能夠輕鬆做到比較困難的動作吧。

將兩人練舞的過程錄下來重新看過後，勇次郎總覺得愛藏看起來比自己還有模有樣。

老師指導的內容，也是他吸收得比較快。

雖然自己也有累積至今的經驗和實力，但彷彿就要被愛藏超越的感覺，讓勇次郎感到焦急不已。

這樣太沒意思了。他絕不想被愛藏追過去。

既然要組成雙人團體出道，他就不想把主導權讓出去。

關於這點，愛藏的想法恐怕也是一樣的吧。

上完舞蹈課返家時，坐在車裡的他朝愛藏扮了個鬼臉，後者先是一瞬間愣住，然後馬上垮下臉來。

（真的有夠單純…………）

一旦有人挑釁自己，就會馬上買單，認真跟對方較勁起來。

有朝一日站上舞台的時候，他也會這樣嗎？

試著想像後，勇次郎不禁覺得想笑。

一開始，原本個性格格不入，也因此衝突不斷的兩人，內心懷抱的想法和目標，其實都是一樣的。

愛藏和勇次郎都各自有必須面對的問題。

不過，他們沒有任何能夠被這些事情絆住的時間或閒工夫。

因為兩人才剛抵達夢想國度的入口而已——

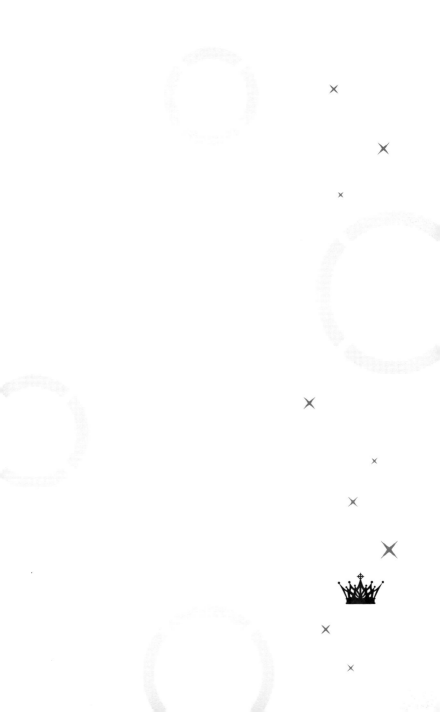

憂鬱的表情
不適合妳喔。

lesson2 ~課程2~

來吧來吧，
把妳的耳朵借我一下。

lesson 2 ～課程2～

一

隔天，在放學後走出學校的愛藏，穿著制服走向自己常去的那間樂器行。

那是一間位在車站後方窄巷裡的小小店面。

隔壁的KTV大白天就不斷傳出熱鬧的歌聲和音樂聲。

這間店叫做森田樂器行。

愛藏從玻璃窗望向店裡頭，發現身為老闆的森田先生正在招呼客人。

（晚點再跟他打招呼吧……）

愛藏沒有踏進店裡，轉而從一旁的室外階梯往上。

他掏出口袋裡的鑰匙，打開樓上的大門入內。

穿越一條狹長的走廊後，最深處有個三坪大小的房間。

lesson2

～課程２～

光亮從緊掩的窗簾縫隙之間透入。

愛藏放下吉他包和書包，將窗簾和窗戶一起打開。

趁著讓空氣流通的這段期間，他稍微打掃了一下室內。

以前，這裡似乎被當成音樂教室的練習室使用。一旁的鋼琴也是從那時就一直放在這個房間裡。

雖然打掃時也會順便撢去上頭的灰塵，但因為愛藏不會彈，這架鋼琴完全淪為普通的擺設。

簡單清掃完一輪後，愛藏一邊喝著寶特瓶裡頭的水，一邊眺望這個房間。

他是在國一時認識森田先生。

放學後，他選擇從一條平常不會走的小巷子回家，發現了這間樂器行。

想起父親過去彈吉他的身影，愛藏不自覺地朝店面走去。

眺望著櫥窗裡展示的木吉他和電吉他時，一名穿著圍裙的高壯男子從辦公室走了出來。他就是森田先生。

「你想嘗試彈吉他嗎？」

「咦！也不是……我只是稍微看看……」

愛藏並非不感興趣。只是，他已經無法在那個家裡彈吉他了——

聽到他吞吞吐吐地這麼回答，森田先生從櫥窗後方接二連三將吉他取出，然後彈給愛藏看。

那些吉他，每一把都是國中生的零用錢所負擔不起的東西。但只要愛藏造訪樂器行，森田先生總會大方讓他彈店裡的吉他。

為此感到開心不已的愛藏，之後幾乎每天放學後都會來店裡報到。

要是沒有森田先生，塞在家中衣櫃裡的那把斷了弦的吉他，或許也不可能被愛藏拿出來重見天日了吧。

因為實在太想彈吉他了，儘管外頭下著雨，又已經是樂器行關門的時間，他仍抱著吉他袋衝出家門。

「我想……請你幫我修好這個……」

看到愛藏被雨淋成落湯雞，正要拉下鐵捲門的森田先生吃驚得圓瞪雙眼。

他沒有詢問原因。也沒有問愛藏那把吉他是誰的。

之後，待在打烊的樂器行裡頭，一邊聽著雨聲一邊看著森田先生替吉他換弦時，不知為何，愛藏的胸口突然湧現千頭萬緒的情感，眼淚也跟著止不住地溢出。他將臉埋進向森田先生借來的毛巾裡，一直默默流淚到吉他修好為止。至今，這件事仍清晰烙印在愛藏的腦海中——

將寶特瓶擱在窗框上後，愛藏起身，從琴袋裡頭取出吉他。

輕輕撥了幾下弦當作熱身後，他的嘴角揚起笑意。

「從那天以來，我就一直在彈這把吉他呢……」

升上國二後，愛藏開始覺得待在家裡很痛苦，變得時常泡在這間樂器行裡。取而代之地，他也會幫忙森田先生顧店或保養樂器。

愛藏沒跟森田先生提過自己家裡的事，不過，後者可能多少察覺到一些了吧。

他沒法把吉他帶回家。要是在家裡彈，母親恐怕不會給他好臉色看。

面對這樣的愛藏，森田先生表示：「把這裡當成練習室吧。」然後將這間在音樂教室停擺後完全化為倉庫的房間借給他。

不過，想當然耳，森田先生附加了「你必須好好回家！」這樣的條件。

之後，愛藏幾乎每天都過來窩在這個房間裡。

雖然有時也會在這裡過夜，但他有好好遵守森田先生的要求，至少每隔兩天會回家一次。

要是沒有這個房間，還有這把吉他，他恐怕會變成一個更自卑的人吧。

看到甄選會的消息時，愛藏回想起自己在孩提時代參加過歌唱大賽一事。

站在被燈光照亮的舞台上的他、帶著笑容為他獻上掌聲的觀眾們，還有父母和哥哥。以及一直被他遺忘的，足以讓胸口發熱的那股亢奮和喜悅的情感——

在那個瞬間，他所感受到的，或許就是所謂的「幸福」吧。

他想再一次站上舞台。想再一次在群眾面前歌唱。

儘管內心湧現這樣的衝動，但愛藏只是喃喃唸著：「我怎麼可能當什麼偶像啊……」然後緊握著手機垂下頭。

他很不擅長跟女孩子相處，在學校也被說成是個態度冷淡的人。

這樣的他，不可能變成讓粉絲尖叫包圍的偶像藝人。

雖然愛藏對自己的歌唱和舞蹈實力有自信，不過，光是會唱歌跳舞，不見得就能成為

偶像。

原本並不看好自己的他，之所以會下定決心參加甄選會，是基於「或許會出現什麼改變」這樣的期待。

他想要一個轉機。因為他看不見前行之路，不知道自己該做什麼才好，更不知道自己能做到什麼，只是一直像個迷路的孩子那樣徘徊著。

對愛藏來說，這個甄選會的機會宛如一線生機，讓他看見了希望。

站上舞台的話，或許就會有需要自己的人出現了。

或許會有願意聽他唱歌的人，會為他的表演感到開心的人出現——

下定決心之後，再也按捺不住的他，在看到消息的當天就報名參加。

通過甄選會後，愛藏覺得自己身處的世界也瞬間為之一變。

他並非不曾感到不安。只是，比起不安，現在他更感到期待。

為了調整吉他的音色，他以手指扭轉弦鈕的部分。

哼著曲子開始彈奏後，愛藏發現自己今天的手感出乎意料地好。以往總會在切換和弦時卡住的手指，現在顯得格外靈活。刷弦的動作也很流暢。

他以腳尖踏地打拍子，盡情地繼續彈奏下去。

將吉他收起來以後，愛藏走出房間，以輕快的腳步踩著室外階梯下樓。

回過神來的時候，他發現自己正輕輕哼著剛才練習的那首曲子。

看到愛藏踏進樂器行，待在櫃台後方的森田先生朝他露齒燦笑。

「怎麼，你來啦？」

「剛才原本想跟你打聲招呼，但看到有客人，我就沒進來了。」

「你來得正好。我現在要準備去參加商店街的業者會議，大概一小時後回來。能幫我顧一下店嗎？」

「說是業者會議，但其實是喝酒大會吧～？」

森田先生所說的討論會，舉辦地點是跟這裡隔著三棟建築物的某間酒吧。

他總會跟商店街的人聚在那裡，一起觀看足球或棒球比賽的電視轉播。

「多少得跟左鄰右舍打好關係才行啊。」

森田先生褪下穿在身上的那件圍裙，將它遞給愛藏。

lesson2
～課程2～

畢竟他讓自己免費使用樓上的練習室，愛藏實在也不好拒絕幫這個忙。
更何況，事務所今天沒有安排練習課程，而他也沒有其他要事在身，所以要說很閒的話，也確實是這樣沒錯。
反正今天不是假日，店務應該也不至於太忙吧。
「是可以啦……只有一小時的話！」
（雖然他八成會離開兩小時以上……）
愛藏穿上圍裙走進櫃台後方。
「店裡有肉包跟豆沙包，你可以全部吃掉喔～就當作是顧店的獎勵吧。」
「獎勵咧……我又不是小學生。」
看到愛藏板起臉孔這麼抗議，森田先生笑著表示：「你跟小學生也差不了多少吧？」然後用手粗暴地揉了揉他的腦袋。也因為這樣，愛藏的髮型變得亂七八糟。
「差多了好嗎！」
愛藏反駁後，森田先生只是揮揮手回他：「那就拜託你啦～」接著便踏出店外。
「這個大叔真的很隨性耶。」
說著，愛藏望向放在櫃台後方的一個塑膠袋，發現裡頭放著肉包和豆沙包各三個。大概才買回來沒過多久吧，摸起來還溫溫的。

「叫我全部吃掉……我哪裡吃得完啦。」

他從袋子裡拿出一個肉包大口咬下。

顧店的時候，基本上無事可做。他想起數學課有交代作業，於是從書包裡掏出講義和課本。

大概過了十分鐘左右吧。

正在解數學題時，一陣輕快的樂聲傳入愛藏耳中。

這動人的音色讓他抬起頭來。

聽起來源自放在店裡的那架鋼琴。有誰踏進店裡了嗎？

感覺好像是有人在試彈鋼琴。愛藏傾聽著這段有些顧慮的演奏片刻。

（這是什麼曲子來著……應該是古典樂沒錯……）

雖然覺得好像在音樂課上聽過這首曲子，但他怎麼也想不起曲名。

因為好奇彈奏者是誰，愛藏忍不住捧著肉包朝鋼琴移動。

對方所在的位置剛好是鋼琴的陰影處，愛藏一開始看不見他的臉。

lesson2
～課程2～

突然看清彈奏者的長相後，「咦！」愛藏忍不住瞬間吶喊出聲。
或許是被他的聲音嚇到了吧，對方也隨即停止演奏。
兩人對上目光後，對方隨即垮下臉，然後轉身準備離開。
愛藏連忙伸出手一把揪住他的肩膀。
「等……喂，等等啦！」
嘆了一口氣之後，勇次郎帶著緊皺眉頭的表情轉過身來。
他捧著一個附近唱片行的紙袋。或許是在買完東西後繞到這裡來吧。
「……你在幹嘛啊？」
勇次郎以詫異的眼神望向愛藏問道。
「什麼幹嘛……我在顧店啊。」
「你已經決定放棄偶像藝人這條路，所以準備換工作了嗎？我是不會阻止你啦。」
勇次郎盯著愛藏身上的圍裙這麼說。
「真是不巧啊，我沒打算放棄，更沒有要換工作！」
聽到勇次郎挖苦的發言，愛藏不禁感到不悅。
（剛才真的是這傢伙在演奏嗎～？）

他環顧店內，但這裡就只有他們倆而已。

「喔，真遺憾。」

勇次郎的說話態度還是一如往常的不可愛。話雖如此，愛藏其實差不多也習慣了。

這時，勇次郎的視線移動到愛藏手上。

「你為什麼在吃肉包啊？這裡是樂器行吧，難道還兼賣肉包？」

「哪可能有這種事啊。是別人請我吃的啦。」

「哦……」

「要是你想吃的話，這裡還有……肉包跟豆沙包。」

難得森田先生買了這麼多包子，但愛藏一個人實在吃不完。

雖然覺得勇次郎八成會以「不要」一口回絕，不過，他還是姑且試著問問看。

「……我要吃。」

聽到勇次郎輕聲這麼回應，「咦？」愛藏有些吃驚地望向他。

愛藏坐在櫃台後方的椅子上，舉起寶特瓶喝水。

lesson2
～課程２～

他望向一旁，勇次郎將雙手的手肘撐在櫃台桌面上，慢慢品嚐著豆沙包。

今天事務所沒有安排課程，他原本以為自己可以久違地不用看到勇次郎。

嘆了一口氣之後，愛藏拾起自己的自動筆。

他才剛開始寫作業。可以的話，他想趁顧店的這段期間寫完。

「……你為什麼會在這裡顧店？」

他喀嚓喀嚓地按筆芯時，眺望著店內光景的勇次郎開口這麼問。

「某個很照顧我的大叔拜託我的。」

「……是你的親戚？」

「不是……只是一個把空房借給我的人。」

「空房？」

「那裡可以說是倉庫……或是練習室吧。」

「哦……」

勇次郎將剩下的豆沙包塞進嘴裡，以大拇指拭去嘴角沾上的豆沙。

跟以往相比，兩人今天的對話算是比較多的。

平常對別人不怎麼感興趣的勇次郎，今天卻罕見地問了愛藏不少問題。因為這樣，愛藏忍不住也想開口提問。

「原來……你會彈鋼琴啊。」

「………。」

勇次郎一度輕啟雙唇，但最後還是選擇緊緊閉上嘴巴。

「……你有學過鋼琴嗎？」

「以前有……但現在我家裡沒有鋼琴。」

（太可惜了吧……）

「話說回來……那個房間裡也有鋼琴呢。」

愛藏回想起被放在練習室一角的那架鋼琴。

「因為一直放在那裡沒人碰過，所以我不曉得還能不能彈，不過……」

愛藏試著詢問：「……你要彈彈看嗎？」

勇次郎露出一臉「咦？」的表情，愣愣地朝他眨了眨眼。

「雖然今天得幫忙顧店……但事務所沒有安排訓練課程的日子，我經常都會窩在這裡。」

他知道這麼做是多管閒事。

只是，因為勇次郎看起來很想彈鋼琴——

或許，勇次郎也不希望連私人時間都得跟愛藏扯上關係吧。

他們幾乎每天都會在事務所見到面，也會一起接受訓練課程。然而，在那天之後，勇次郎完全不曾再跟愛藏問過有關鋼琴的事。他要不是已經忘記了，就是沒有興趣吧。

所以，愛藏本來以為之前在樂器行提過的那件事，今後不會再有下文了——

「愛藏～」

聽到呼喚聲後，在房裡練吉他的愛藏將耳機摘下來掛在脖子上。大門傳來大力的敲門聲。

他放下吉他和耳機，走到玄關打開大門，發現森田先生站在外頭。

「你的朋友來嘍～」

「朋友？」

「你會找別人來這裡，感覺還真罕見呢～」

說著，森田先生從門口退開。

看到站在他身旁的人影，愛藏不禁「咦！」了一聲。

「不好意思，非常感謝你。」

勇次郎謙虛有禮地向森田先生鞠躬道謝。

不過，在森田先生走下階梯離開後，他隨即變回平常那副面無表情的模樣。

「是那個人……誤會了而已。」

勇次郎像是企圖辯解什麼，看起來一臉不甘願。

關於這個房間的事，愛藏也只跟勇次郎說過而已，所以不可能有別人會來。

（不過……畢竟是我主動跟他提的啦……）

愛藏將手撫上後腦勺，輕輕嘆了一口氣。

「…………進來吧。」

看到愛藏往裡頭退開一步，勇次郎默默地踏進房內。

被愛藏領著穿越走廊、來到練習室後，勇次郎隨即朝房裡的那架鋼琴走近。

（要來的話，好歹也事先說一聲吧……）

lesson2
～課程２～

愛藏匆匆將攤開在鋼琴頂蓋上的樂譜收拾整齊。

仔細想想，他跟勇次郎並沒有交換過聯絡方式。

（就算開口問，他也不會大方告訴我吧。）

靜靜凝視著泛著光澤的黑色鋼琴片刻後，勇次郎伸出手，輕輕掀開琴鍵的上蓋。

「這架鋼琴可能很久都沒有調過音就是了……」

說著，愛藏從鋼琴旁退開。

勇次郎站在鋼琴前，伸出一隻手的手指按下琴鍵。清亮的鋼琴聲跟著傳來。

像是為了確認音色那般隨意彈了幾下之後，勇次郎輕聲表示：「這架鋼琴有好好調音過。」

「這樣啊……？」

（可能是大叔找時間過來弄的？）

勇次郎的嘴角浮現淺淺的笑意。

那不是面對他人時堆出來的笑容，而是自然而然展露出來的笑容。

在彈奏吉他時，愛藏也總是會開心到忘了時間。換成勇次郎的話，能讓他這麼樂在其中的，或許就是鋼琴了吧。

愛藏回想起勇次郎曾經說他沒有能彈鋼琴的環境一事。

（他恐怕一直都在忍耐呢……）

愛藏從鋼琴旁離開，移動到沙發上。

房間裡的窗戶緊掩著，所以不用擔心琴聲傳到外頭的問題。

閒下來的愛藏，就這樣一邊聽著勇次郎隨意演奏的旋律，一邊翻閱扔在桌上的音樂雜誌。

勇次郎的琴聲輕巧而柔和。之前在店裡聽到他彈琴時，愛藏也湧現了相同的感想。

被這樣的音色吸引的他，不禁將視線移向鋼琴所在的方向。

（平常明明老是像隻刺蝟……）

愛藏所在的方向，只能看到勇次郎的背影，所以也無從得知他是用什麼樣的表情在彈奏鋼琴。

勇次郎是個跟自己各方面都大相逕庭、難以理解的人。愛藏原本這麼想，不過——

（其實他……或許跟我一樣吧。）

兩人都喜歡音樂、喜歡跳舞。總愛跟彼此較勁，是因為他們都不願意在自己喜歡的事物上認輸。

或許只是因為這麼單純的理由而已。

愛藏將視線拉回雜誌上，然後翻到下一頁。

看樣子，勇次郎八成會彈到自己心滿意足為止。

至少，今天就把這個房間讓給他吧。

二

——久違的琴鍵觸感。

去了一趟唱片行後，在走向車站的路上，勇次郎瞥見了樂器行裡頭的鋼琴。

換作是平常的話，他大概只會默默從外頭走過，今天突然很想聽聽鋼琴的聲音，於是便打開了樂器行的大門。

（要是知道那傢伙在這間店裡，我就不會踏進來了……）

以流暢的動作彈奏鋼琴的勇次郎，腦中浮現了愛藏吃驚的表情。

看到愛藏時，勇次郎同樣也嚇了一跳，詫異地想著他到底在這裡做什麼。

看樣子，這個地方似乎是愛藏的祕密基地。

這個房間收拾得還算整齊，看起來也有好好打掃過。因為裡頭甚至有愛藏帶來的棉被，所以他或許經常在這裡過夜吧。內牆看起來有做隔音處理，因此也可以在裡頭練吉他。

這架鋼琴很老舊，琴鍵外蓋的表面也有許多刮痕，但感覺平時都有好好保養。

到鋼琴補習班上課，是勇次郎升上小學以前的事了。

搬到染谷家之前，他住在一間客廳有鋼琴的房子裡，也總是坐在那架鋼琴前彈琴。最初是那架鋼琴讓他體會到音樂的樂趣。

搬到現在這個家後，家裡仍繼續讓他學了好幾年的鋼琴，但因為完全沒有練習的時間，勇次郎最後選擇放棄。

再說，現在的家裡也沒有鋼琴。在放棄去鋼琴教室之後，勇次郎便一直沒有碰過琴鍵了。

「……你要彈彈看嗎？」

聽到愛藏這麼問的當下，勇次郎陷入迷惘而沒能馬上回答，是因為他覺得現在的自己，恐怕已經不會彈鋼琴了——

然而，開始彈奏之後，他的手指也自然而然地動起來。看樣子，自己似乎並沒有遺忘鋼琴的彈法。

小時候，他明明總是彈得那麼渾然忘我。但現在，那個家卻讓他判斷繼續練鋼琴也沒有意義，因而就這樣放棄了。

因為他有太多必須做的事情，以及必須遵守的規定。

開始苦練歌舞伎的技巧之後，勇次郎變得不會湧現想彈琴的慾望了。

不過，從樂器行外頭經過時，他瞥見店裡這架鋼琴，突然想起了鋼琴的音色。

他過去一直聽著的、輕快而悠揚的音色。

一下子變得莫名想彈鋼琴，他推開了樂器行大門踏進裡頭。

觸摸到琴鍵的瞬間，湧上勇次郎心頭的，是孩提時代的他一直感受到的「喜歡」的情感。

為了練歌舞伎、為了那個家，他明明一度放棄了鋼琴。

人們恐怕就是無法輕易忘懷自己喜歡過的事物吧。

之所以會湧現想彈鋼琴的衝動，或許是因為他發現自己已經沒有必要繼續忍耐了。

他已經沒有被那個家束縛的必要了。

想彈鋼琴的念頭浮現後，勇次郎便再也無法按捺這樣的慾望。在事務所沒有安排訓練課程的日子，儘管百般不願意跟愛藏見到面，他還是忍不住像這樣造訪樂器行。

（話說回來，那傢伙在幹嘛啊……？）

待在同一個房間裡的愛藏靜悄悄的，沒有再找勇次郎說過話。感到在意的後者停下了彈琴的動作。

他轉頭朝沙發的方向望去，發現愛藏躺在上頭。

（居然在睡覺……）

原本被他拿在手中的音樂雜誌也掉在地上。

勇次郎掏出手機確認，發現自己已經待在這裡超過兩小時了。

因為埋首於彈奏鋼琴，他對時間的流逝渾然不覺。真要說的話，他感覺才過了三十分鐘左右而已。

手機顯示出母親的未接來電通知。恐怕是有事要找他回家幫忙吧。

勇次郎鬱悶地輕輕嘆了一口氣。不過，這也是無可奈何的事情。

悄悄闔上琴鍵外蓋後，他從鋼琴前起身。

欠愛藏一個人情的他，沒辦法就這麼離開。

他走到沙發旁，試著以「喂」喚醒愛藏。

或許睡得很熟吧，愛藏並沒有因為這樣就醒來。勇次郎將雙手扠在腰間，思考該怎麼做才好。

（真是的……為什麼我非得……）

狠狠踹他一腳的話，愛藏應該就會醒過來了，但這是不得已的最後手段。

勇次郎伸出手，一度想呼喚愛藏的名字叫他起來，但最後還是作罷。

「起來啦你……」

他稍微彎下腰搖晃愛藏的肩膀，結果後者突然猛地從沙發上彈起身。

來不及避開的勇次郎，就這樣直接被他撞上。

「「好……痛────！」」

兩人按住自己的額頭，然後同時發出這樣的哀嚎。

離開樂器行的練習室後，勇次郎和愛藏在彼此拉開一段距離的狀態下朝車站走去。

兩人的額頭現在仍隱隱作痛。

勇次郎鼓起腮幫子望向一旁。

「我絕對不會再過去那裡了……」

聽到勇次郎忿忿地這麼說，愛藏不悅地轉過頭來怒瞪他。

「就算你來了，我也不會讓你踏進來！一步都不會！」

「用頭槌攻擊別人的人在生什麼氣啊？」

「是你打算用頭槌撞醒我才對吧！」

「啥？」愛藏的反駁讓勇次郎垮下臉來。

「你在說什麼啊？是你突然從沙發上彈起來耶。起床氣也太誇張了吧！」

（我絕不會再叫醒他第二次……！）

勇次郎將手撫上自己的額頭，露出一臉的不耐。

「「鐵頭男！」」

同時這麼開口怒罵對方後，兩人的心情又變得更加惡劣了。

「你上輩子是一把用來毆打長毛象的石斧嗎？」
「什麼跟什麼啊？你才是因為個性太頑固，所以頭殼變得硬邦邦的吧。」
勇次郎火冒三丈地停下腳步，結果愛藏也同時止步。
「「別跟著我啦！」」
朝彼此這麼怒吼後，兩人不約而同「哼！」地別過臉去，然後朝不同方向邁開步伐。
雖然目的地是同一個車站，但他們實在無法再多跟彼此相處一秒鐘。
前進片刻後，勇次郎轉過頭，發現愛藏也在同一個時間點轉了過來。
面對愛藏一臉不悅的反應，勇次郎狠狠地朝他吐舌扮了個鬼臉。

三

這天放學後，愛藏隨即一如往常地前往樂器行。
今天事務所沒有安排訓練課程，所以，他原本以為可以在練習室裡盡情彈吉他，沒想到——

「勇次郎已經先到練習室去嘍。」

繞到店裡露臉時，在櫃台後方忙著工作的森田先生這麼告訴他。

愛藏不禁「啥！」了一聲，眉心也擠出好幾道皺紋。

「被他搶走了……」

明明說自己絕不會再過來這裡，但在不用接受訓練課程的日子，勇次郎也變得必定會造訪練習室。因為這樣，愛藏沒辦法進去。

跟森田先生借用那個房間的人是愛藏，所以他其實沒有必要顧慮什麼。不過，要跟勇次郎碰面，還得跟他在同一個房間裡一起打發時間，實在讓愛藏覺得很煎熬。

「噢，對了，我有多打一把鑰匙，已經交給勇次郎了。」

「咦咦～～？為什麼啊！」

愛藏「磅！」一聲將雙手撐在櫃台桌面上這麼問。

「只有一把鑰匙很不方便吧？這樣他隨時都能來，不是比較好嗎？」

「要是他隨時都能來，我會很傷腦筋啊！」

「你們不是要一起練習嗎？」

「我才沒有要跟他練習什麼咧！」

「你們要一起成為偶像藝人吧，不是嗎？」

聽到森田先生這麼問，愛藏一瞬間說不出話，只能囁囁著：「是沒錯啦……」不甘不脆地回應。

「你在鬧什麼彆扭啊？真是個奇怪的傢伙。」

接著，森田先生對愛藏拋下一句：「總之，你們好好相處啊。」然後便返回辦公室裡頭。

（那裡明明是專屬於我的練習室……）

話雖如此，但也只是森田先生基於善意借給愛藏使用的空間而已。

要是森田先生允許勇次郎過來使用練習室，他也不好開口抱怨什麼。

（早知道就不跟他說練習室的事了……）

反正，勇次郎一定又會在那裡彈鋼琴，一直到家裡的人來接他為止吧。

愛藏的母親今天不會回家，再加上明天又是假日，就算在練習室睡一晚，應該也不至於挨罵。只能等到勇次郎離開後再上去練吉他了。

「真沒辦法……」

愛藏嘆了一口氣，在森田先生方才坐的那張椅子上坐下。

他從書包裡掏出手機和耳機，一邊聽著手機播放出來的音樂，一邊隨意翻著放在櫃台桌面上的吉他型錄。

妳那看似寂寞的……

lesson3 ~課程3~

鮮紅唇瓣。

× lesson 3 ～課程3～

一

這個假日，看了一小段父親的公演後，勇次郎從座位上起身，走出展演廳。

他揹上背包邁開步伐。

在大馬路上前進片刻後，他走進一條行人較少的岔路。

在半路繞到日式點心店購買伴手禮的他，現在正準備前往日本舞老師的家。房子外頭的門牌上寫著「岡咲」這個姓氏。

「午安～」

出聲打招呼的同時，勇次郎拉開了玄關大門，一名身穿圍裙的女性跟著從起居室走出來。

勇次郎踏進玄關，伸手將大門關上。

lesson3
～課程３～

「歡迎你來，勇次郎。不好意思喔～我婆婆還沒有回來呢。請你再等一下喲。」

「打擾了，繪里小姐。請收下這個。」

脫下鞋子走進室內後，勇次郎將手上的紙袋交給這名女子。

「哎呀，是羊羹。謝謝你。我婆婆會很開心的。」

「那我去後面的房間等老師回來。」

「好的，你先休息一下吧。」

這麼知會之後，勇次郎朝走廊深處前進。

被當成練習室的寬敞和室的一旁，有個約莫兩坪大小的休息室。

這個休息室外側有著緣廊設計，從室內往外望，可以看到一個小小的庭院。因為屋舍外頭有圍牆，所以看不到路上的樣子。

換上和服後，勇次郎將自己的行李移動到房間一角，再準備好扇子，然後在練習室裡頭跪坐著靜靜等待。

在展演廳最後排的位子觀看公演時聽到的聲音，此刻仍在他的耳畔打轉。

勇次郎閉上雙眼。然而，父親在舞台上表演的身影，早已鮮明烙印在他的眼球表面，讓他遲遲無法忘記。

每次都是這樣。所以，他幾乎不會去看父親公演。

今天，勇次郎原本只是受託跑一趟展演廳，母親建議：「難得有這個機會，你就去看看公演吧？」因此他無法在處理完要務後直接離開。

儘管他看的已經是最後一幕，但心中熾熱而亢奮的情緒，卻遲遲未能冷卻。

這種糾纏著自己、像是戀戀不捨的情感，讓勇次郎相當排斥。

他打從心底尊敬身為一名演員的父親，也覺得這樣的父親很厲害。如同外界的評價，父親有著一種領袖氣質。正因如此，勇次郎很景仰他，也渴望追隨他的腳步。

希望總有一天，自己能和父親站在同一個舞台上——過去，他或許也曾這麼強烈期盼過吧。

然而，他的棲身之處卻不是那裡。

那個世界表示「這裡不需要你」，然後將他排除在外。

只允許他站在遠遠的外圍眺望的世界。

勇次郎所嚐到的，是一種難以言喻的不甘——

儘管已經決定要斬斷這樣的情感，它卻仍像泥水那樣沉澱在勇次郎的體內，讓他的心情變得沉重不已。

「媽，勇次郎已經來了呢。如果會晚回來的話，請早點跟我聯絡吧。這樣我就能去接妳了呀。」

「我知道。繪里，等等幫我們端茶進來。」

走廊上傳來的對話聲，讓勇次郎抬起頭來。看到有人拉開日式拉門，他連忙端正自己的坐姿。

「那我們開始吧。」

走進房裡的，是一名身穿和服、身型嬌小的女性。有些斑白的一頭黑髮，整整齊齊地盤在腦後。

她是教導日本舞的岡咲達子老師。

等到老師跪坐下來，將三味線放在一旁後，勇次郎朝她一鞠躬。

「今天也請老師多多指教。」

二

來到門牌上寫著「岡咲」兩個字的民宅外頭後，愛藏停下腳踏車。

「日本舞教室……？」

門牌旁邊貼著一張「學生招募中」的海報。

愛藏牽著腳踏車移動到圍牆旁，但無法窺見裡頭的樣子。

去了一趟書店之後，準備返家的愛藏，看到勇次郎從展演廳走出來的身影。

或許剛好是歌舞伎的公演結束的時間吧。

正在等紅綠燈的勇次郎，並沒有發現愛藏。

在猶豫要不要上前跟他打招呼的時候，看到勇次郎邁開步伐，愛藏不自覺地追了上去，最後抵達了這棟房舍外頭。

（他果然有在日本舞教室之類的地方練習啊……）

lesson3
～課程3～

剛才一輛計程車在房子外頭停下，一名有些年長的女性從車裡走了出來。她就是日本舞的老師嗎？

雖然聽不到勇次郎的聲音，但老師的聲音不時從圍牆內側傳來。

（不用接受事務所訓練課程的日子，就得過來學日本舞嗎……那傢伙還真辛苦耶。）

這時，愛藏突然聽到一個細微的嗚叫聲。他朝電線桿望去，發現有隻貓蹲在那裡。

他將腳踏車的腳架立起來，蹲低身子朝貓咪伸出手。

那隻貓沒有動，只是發出聽起來像是在警戒的叫聲。

但最後，貓咪還是一轉身迅速跑走了，愛藏只好收回自己的手。

一直都是這樣。愛藏很喜歡貓，但不知為何，貓咪總是不太喜歡他。

因為這樣，他沒想過要養貓。直到哥哥突然撿了一隻幼貓回家為止——

替幼貓取了「小黑」這個名字、負責照顧牠的人，幾乎都是愛藏。

現在，小黑雖然很親近他，但愛藏經常還是會湧現「飼主明明不是我」這種無法釋懷的感覺。

（是無所謂啦……要是交給那傢伙照顧，總覺得讓人很不放心啊……）

畢竟，他的哥哥是個看心情做事、又經常不在家的人。

嘆了口氣之後，愛藏從原地起身。

他並非有事要找勇次郎，只是想確認後者要去哪裡而已。既然已經知道答案，就沒有必要繼續待在這個地方。

「回家路上繞去寵物店一下好了……」

愛藏這麼自言自語，伸手握住腳踏車把手的時候——

「哎呀，請問有什麼事嗎？」

一名從屋內走出來的女子這麼喚住他。愛藏先是心一驚，然後轉過頭。

「啊，不……呃…………與其說有事，我應該是……」

「難道你是來觀摩課程的嗎？」

「咦！也不是這樣啦……」

（只是有點在意，所以……）

愛藏支支吾吾起來。

「現在裡頭剛好在上課喲。你要不要進來看看呢？」

女子微笑著這麼表示，接著又說了一句：「來，請進吧。」然後走進屋內。

lesson3

~課程3~

實在無法道出「我要回家」這幾個字，愛藏只能以「噢……」回應對方。

（不對，這樣很不妙啦！）

因為正在裡頭上課的人，就是勇次郎。

（看吧，果然很不妙嘛……）

愛藏跪坐著，一張臉則是望向院子的方向。

坐在身旁的勇次郎投來的視線，尖銳到讓他渾身不自在。就算不望向對方，愛藏也能感覺到勇次郎正以「你為什麼會在這裡？」對自己施加沉默的壓力。

「原來你是勇次郎的朋友呀。不好意思喲~是我誤會了。」

方才那名女子踏進房裡，為勇次郎和愛藏送上茶水以及羊羹。

勇次郎的日本舞老師，則是沒好氣地揶揄女子：「妳真是冒冒失失的。」然後捧起熱茶啜飲。

愛藏被這名女子領著走進練習室裡時，勇次郎正在配合老師彈奏的三味線練舞。

兩人對上視線後，勇次郎像是瞬間石化似的止住動作，手中的扇子也跟著掉到地上。

從表情明顯僵住的反應看來，他想必是大吃一驚了吧。

「他跟我完全不是朋友喔。」

微笑著這麼回應的同時，勇次郎仍持續以帶刺的眼神望向愛藏。

「是的。我們完全不是什麼朋友……」

為了避免和這樣的勇次郎對上視線，愛藏望向一旁囁嚅著開口。

這或許就是所謂如坐針氈的感覺吧。

「既然都來了，你就在這裡坐一會兒吧。不過，勇次郎竟然會帶朋友來這裡，感覺還真罕見呢～」

老師一邊品嚐著羊羹，一邊以手掩著嘴巴輕笑。

勇次郎也配合她展露出笑容。極其完美的、皮笑肉不笑的笑容。

「其實，並不是我帶他過來的。他為什麼會在這裡呢？」

「這個嘛……為什麼呢。其實我自己也不知道耶。」

聽到愛藏裝傻這麼回應，勇次郎以死魚眼的眼神直直盯著他。

（煩死了……我知道啦。是我不對啦…………）

愛藏捧起日式茶杯湊近嘴邊，將尷尬的感覺和茶水一起吞下肚。

lesson3
～課程3～

他只是想更加了解而已——

因為他對勇次郎一無所知。

休息過後，勇次郎繼續和老師練舞。

愛藏則是跪坐在練習室的一角觀看。因為老師表示：「你就留下來觀摩呀。」他也不好就這樣拒絕走人。

勇次郎的表情看起來嫌惡到極點，但愛藏同樣覺得尷尬到不行。

手持扇子的勇次郎，配合著老師的三味線和歌聲緩緩起舞。

他臉上的表情和眼神都很認真，就像在接受事務所的訓練課程時那樣。

微微屈膝的他，以指尖舞動攤開的扇子。

他自然流暢的一舉一動，讓愛藏看得目不轉睛。

無論是指尖的動作、偏過頭的角度或是腳步，全都優雅而細膩，也確實搭上三味線的每個節拍。

視線微微往下的勇次郎，以扇子掩嘴，然後靜靜地轉身。

啊啊，好美——愛藏發自內心這麼想。

能在一瞬間將觀眾拉進自己的世界——勇次郎擁有這樣的吸引力。

而且，因為他的每個動作都沒有多餘之處，所以看起來給人俐落純熟的感覺。上事務所的舞蹈課時亦是如此。

愛藏覺得稍微能理解了。

勇次郎優秀的能力，想必是每天像這樣苦練，而一點一滴累積起來的吧。

愛藏回想起他從展演廳走出來的身影。

他會來這裡學習日本舞，也是為了家裡嗎？

（而且一直有持續來上課的話，就代表…………）

勇次郎以單手揚起扇子，輕快地轉了一圈。

「你的手肘愈來愈往下了！」

老師嚴厲的指責聲傳來。三味線的演奏停止，勇次郎的動作也跟著止住。

放下三味線後，老師起身走到勇次郎身旁，重新示範一次方才的動作。

勇次郎點點頭，像是為了確認那般重複相同的動作。

「跳到這邊的時候，你的腳步很容易變慢。你自己有感覺嗎？」

「是……我會多加注意。」

這麼回應後，勇次郎仰望天花板。

在剛才的休息時間過後，已持續練舞超過一小時的他，看似有些疲倦地吐出一口氣。

升上國中之後，愛藏才認真開始練習跳舞。

不過，這時的他並未懷抱著想成為偶像藝人這樣的壯志。

只是因為喜歡活動身體，也覺得跳舞是一件很開心的事，他才會開始跳。

另一方面，也是因為他想要一個能讓自己沉迷其中的事物。

所以，他從不曾覺得練舞是一件很吃力或痛苦的事。

但勇次郎又如何呢？

接受事務所的舞蹈訓練時，他也都像現在一樣認真。在練習時，他總會專注到忘了自己體力的極限，有時甚至得由老師出聲提醒：「你休息一下！」

（他是因為覺得開心，才做這些事的嗎……）

lesson3
～課程3～

愛藏原本以為，勇次郎想成為偶像藝人的想法，以及視為目標的那個舞台，都跟自己一樣。

不過，他內心真正的想法又是什麼？

勇次郎想站上的那個舞台，真的跟自己一樣嗎？

他默默地眺望著勇次郎繼續練舞的身影。

（不知道他是怎麼想的呢……）

「感謝您的指導。」

勇次郎對著送兩人到玄關的老師鞠躬道謝。

原本正忙著套上運動鞋的愛藏，也連忙鞠躬表示：「謝謝您！」

「愛藏，用不著客氣，你可以再來觀摩喲。到時我教你彈三味線吧！」

老師開朗地這麼說，然後伸手拍了拍愛藏的手臂。

愛藏以一個苦笑含糊帶過。

這位老師的指導想必相當嚴格。畢竟在糾正勇次郎時，她也完全不留情。

「「那我們就先離開了。」」

這麼道別後，愛藏和勇次郎一起走到外頭。

後者又朝屋內點頭致意一次後，才伸出手關上玄關大門。

愛藏望向手錶確認，發現已經是過了下午四點的時間。日本舞的課程大概持續了兩小時左右。

愛藏走向自己停在外側圍牆旁的腳踏車，將車輪上的大鎖打開時，勇次郎快步從他的身旁走過。

「喂，等等啦。」

愛藏牽著腳踏車追上他的腳步。

雖然並不是想跟勇次郎一起回家，但愛藏有想問他的事情。

看到愛藏走到自己身旁，勇次郎瞪了他一眼。或許是覺得愛藏很煩人吧，感覺他走路的速度比平常來得更快。

不過，他看起來似乎不打算為了甩開愛藏而拔腿就跑。

「那個啊……」

「我沒有要接受提問的意思。你為什麼找我搭話啊？」

「偶爾說幾句話沒關係吧……」

「……幹嘛？」

「那位老師很嚴格呢……她一直都是這樣的嗎？」

愛藏想不到更好的話題，只好望著其他方向這麼開口。

「你想讓她教你三味線嗎？」

「不，我已經有吉他了……」

「老師應該沒辦法教你彈吉他吧？雖然我也不清楚。」

「我不是想要那位老師教我彈吉他啦。」

聽到這裡，勇次郎「咦……」了一聲，看似不悅地皺起眉頭。

「難道你也打算去那裡學日本舞？」

「我才不會跟你在同一個地方學什麼啦。你用不著擔心這種問題。」

對話就此中斷，兩人分別望著不同的方向，就這樣一起前進了片刻。

（我們為什麼就這麼合不來啊…………）

自己明明沒有想找對方吵架的意思——愛藏不禁悄悄嘆了口氣。

（果然是第一印象的問題嗎？）

打從試鏡的時候，勇次郎和愛藏就已經互看不順眼；就算要他們組成雙人偶像團體，這樣的先入為主觀念也無法馬上改變。

不過，他們現在已經比較少扭打成一團，所以情況或許算是有改善了吧。

「你壓根不打算跟我聊天交流耶……」

「有必要的時候，我會跟你說話啊。」

「我不是指這種工作上的往來啦。」

「不然你想聊什麼？閒話家常？」

「不，跟你閒聊也沒什麼意思吧……」

「我說啊，你真的很麻煩耶。有什麼想說的話，就直接說出來啊。」

「好，那我就說嘍……」

這麼開口後，愛藏的視線不經意飄向公園的方向，發現停在入口的餐車旁聚集了一堆人。

看起來是販售飲料和可麗餅的餐車。

一旁的勇次郎停下腳步，愛藏也跟著駐足。

lesson3
～課程３～

「…………要過去買點吃的嗎…………？」

察覺到自己口很渴的愛藏這麼提議。

「你直接回家也沒關係啊。反正我沒有什麼話想跟你說。」

「不，等等啦，我也一起過去。」

愛藏牽著腳踏車，匆匆追上快步朝餐車走去的勇次郎。

× × ♛ × × ×

在公園一角，有兩張位於樹蔭下的長椅並排設置著。勇次郎和愛藏看了彼此一眼後，分別在不同的長椅上坐下。

愛藏啜著手中的熱咖啡，眺望了周遭的景色片刻後，將視線移向一旁的長椅上。

勇次郎正在享用加了滿滿鮮奶油和巧克力醬的可麗餅。

品嚐甜食的時候，他會像個普通人那樣吃得津津有味。

（……只有面對我的時候，他才會擺臭臉嗎？）

無論是直接到失禮的說話方式，或是冷淡的態度，勇次郎都只有在面對愛藏時，才會表現出來。

在其他工作人員面前，他總是笑臉迎人。

只是，那並非是勇次郎發自內心的笑容。無論對象是誰都一樣。

他臉上所浮現的，永遠都是為了應付周遭人群的虛偽笑容。

但因為這樣的笑容太過完美，人們都以為那是勇次郎自然展露出來的表情。

不過，無論再怎麼完美，這樣的虛偽笑容，還是跟真正感到開心時露出來的笑容不一樣。

愛藏認識同樣擅長以笑容掩飾真正想法的人，所以他能明白兩者之間的不同之處。

（彈鋼琴的時候，他的表情看起來真的很開心呢……）

再次覺得猜不透勇次郎，愛藏不禁皺起眉頭。

「真的很難伺候耶……」

「你在說誰啊？」

「我沒在說誰啦。」

有些粗魯地這麼回應後，愛藏一口氣飲盡手中的咖啡。

「……你從什麼時候開始跟蹤我的？」

勇次郎盯著吃到一半的可麗餅輕聲開口。

「…………大概是你從展演廳走出來的時候吧。」

發現勇次郎的表情變得有些僵硬，愛藏將視線往下。

「是我不對……」

每個人多少都有不想被別人知道、看到的事情吧。

儘管明白這樣的道理，愛藏卻還是試著踏進這個禁區一步。希望能再多了解自己的伙伴一點的想法，讓他做出了這樣的行為。

勇次郎的視線茫然飄向遠方。

「……因為親人會上台表演……所以還是會想看嗎？」

愛藏眺望著孩童在一旁嬉戲的身影，小心翼翼地開口問道。

他明白勇次郎恐怕不太想提及自己家裡的情況。

「我只是……為了幫家裡的人辦事，才會跑一趟展演廳。」

「哦……你家感覺也不輕鬆呢。」

勇次郎沒有回應愛藏的這句話。沉默半晌後，愛藏再次開口：

「……你是為了家裡，才會去剛才那個地方學日本舞嗎？」

「我一直都有在學日本舞，這已經算是一種例行公事了……再說……」

勇次郎起身，將原本望著遠方的視線移向愛藏的方向。

「現在，我是為了自己的將來而繼續練舞。」

他直直望著愛藏的眼神相當真摯，語氣聽起來也沒有一絲迷惘，可以讓人感受到他堅定的決心。

聽到這句令人意外的發言，愛藏微微瞪大雙眼。

語畢，勇次郎將手中的可麗餅包裝紙揉成一團，扔進附近的垃圾桶裡。

「我回去了。」

看到他拎起包包準備離開，愛藏忍不住起身以「噯！」喚住他。

「你……不會想回去……『那裡』嗎？」

原本想說出「歌舞伎的世界」幾個字，最後選擇以「那個」含糊取代。

愛藏不自覺對緊握的雙手再次使力。

其實，他很害怕聽到勇次郎的答案——

他曾看過勇次郎在事務所的休息室裡觀看歌舞伎影片。那時，勇次郎臉上的表情相當凝重，讓愛藏一直很在意這件事。

能回到那個世界的話，他應該會想回去吧？

對勇次郎來說，他真正想站上的舞台是——

愛藏垂下頭，眉心也擠出深深的皺紋。這時，「呵！」一個輕笑聲傳入他的耳裡。

「你想問的……就是這件事？」

像是自言自語般這麼開口後，勇次郎望向愛藏。

「要是想回去，我幹嘛還跟麻煩得要命的某人待在一起啊。」

他的嘴角浮現調侃的笑意。

原本還愣在原地的愛藏，「啥？」了一聲，隨即垮下臉。

「麻煩得要命的人是你才對吧！」

「真是個怪人。」

在走向公園出入口的路上，勇次郎仍笑到雙肩不停顫抖的程度。

坐在長椅上目送他離開的愛藏，嘴角也忍不住跟著上揚。

「你才是咧……」

通過甄選會後，兩人不知為何被事務所指定以雙人團體的形式出道。

愛藏無法否認這樣的安排其實非他所願。

這並不是他們兩人所期望的——在內心的某處，愛藏或許一直都這麼認為。

「其實不是這樣嗎……」

決定要踏上這條道路的，是他們兩人。

愛藏不是選擇其他人，而是選擇勇次郎作為在這條路上並肩前進的伙伴。

而勇次郎也相信，只要他們倆一起努力，就可以抵達自己一心嚮往的那個世界。

倘若真的想回到歌舞伎的世界，勇次郎想必早就拋下這一切離開了吧。

他們視為目標的舞台和夢想，都只有一個。

愛藏鬆開原本緊握的掌心，仰望從大廈縫隙之間透出來的天空。

因為，這是兩人好不容易爭取到的自由的世界——

我來為妳施加……

× lesson4 ~課程4~

溫柔的魔法吧。

×lesson 4 ～課程4～

一

休閒會館裡頭的室內游泳池擠滿了人。

從水上溜滑梯滑下來的人，以及坐在遊樂設施的小船上，從高高的滑水道衝下來的人，不時發出開心的尖叫聲。也有在玩沙灘球或是套著泳圈玩水的人。

儘管過了玩水的季節，但這裡還是人山人海的盛況，想必是因為即將在下午舉辦的那場活動吧。

除了特別打造的舞台以外，穿著工作人員專用外套的人們還陸陸續續將音響和照明設備搬進室內，甚至還設置了周邊商品販賣區。

今天這場活動，邀請了部分新人偶像團體和樂團來進行舞台表演。

勇次郎、愛藏和經紀人內田，便是為了觀看舞台表演而來到此處。

lesson4

～課程 4～

最近在網路上蔚為話題的某個藝人團體也會上台。

觀看其他團體的現場表演，並同時觀察台下觀眾的反應，也是一種學習。

經紀人內田耳提面命說：「要是又起什麼爭執，我可不會放過你們喲！」接著便被會館的工作人員領著踏進後台。

她或許是為了兩人日後的星途發展，打算去跟活動主辦方打聲招呼吧。經紀人的工作果然也很辛苦。

在活動開始前，還有一點時間。

尚未出道的勇次郎和愛藏無法站上舞台，所以今天純粹是來觀摩。

經紀人內田批准他們在活動開始前自由玩樂。

勇次郎以仰泳的方式輕飄飄浮在水面上。

從半圓形的玻璃天花板灑落的陽光，讓水面一片波光粼粼。

雖說確定可以出道，但勇次郎和愛藏連出道曲都還沒定案。

包含事務所的田村社長和經紀人內田在內，許多人都已經為了兩人的出道而開始進行各項安排。但他們卻從未聽說任何相關消息。

即使主動詢問，也總會得到「這方面目前還沒有具體的計畫」這種敷衍的回答。

畢竟出道是會牽連到許多相關人士的一件事情，所以這樣的現況恐怕也是無可奈何。

雖然明白這一點，但勇次郎有種彷彿只有他們兩個當事人置身事外的感覺。

接受事務所訓練課程的日子持續著。對現在的他們來說，這就是工作。

要是出道之後才發現自己實力不足，可就沒戲唱了。

勇次郎本身並沒有對這些課程感到不滿，也相當能理解基礎訓練有多麼重要和必要。

然而，不知道這樣的日子會持續到幾時，他實在很難不感到不安。

他看不見未來。即使已經決定要出道，最後也有可能告吹。

因為遲遲無法提升人氣度，就這樣放棄夢想、離開業界的人，想必多得數不清吧。

參加徵選會的時候，勇次郎就已經明白這是個競爭激烈的世界。得知報名的總人數時，他甚至為自己能通過最終審核一事感到訝異。

想成為偶像藝人的人非常多。可是，能夠幸運獲得出道機會，又能在這條路上堅持下去的人相當有限。

能夠成為眾所皆知的超級偶像，僅限於一部分特別的人。

自己和愛藏，則是才剛獲得站上起跑點的資格而已。

lesson4
～課程４～

過去，他們的勁敵是「想成為偶像藝人的人」；但今後，他們得跟實際在演藝圈活躍的專業級人物互相較勁。這個大環境想必不會因為他們是新人，就特別寬容吧。

勇次郎所知道的那個世界亦是如此。

無論是誰，一旦站上舞台，就是一名演員。正因如此，父親過去對他的指導也相當嚴厲。

一個人的失敗，會糟蹋一整個舞台。這是無法容許的事情。

他接下來即將踏入的這個世界，恐怕也是一樣的吧。

明白這一切的他，仍決定繼續在這條路上前進。跟搭檔兩人一起——

勇次郎已經做好了繼續前進的心理準備，也有所覺悟了。

然而，感覺自己遲遲無法前進，只是不斷在原地踏步，讓他有種揮之不去的焦躁感。

彷彿自己鼓起的滿腔幹勁一直都在空轉似的。

兩人決定出道後，已經過了好幾個月的時間，但他卻看不到任何進展。

把自己多餘的精力全都投注在訓練課程上就好——

勇次郎原本是這麼想的，但這陣子以來，他變得有些無法集中精神。而這點愛藏似乎也一樣。

光看愛藏的表現，就知道他沒有全神貫注在訓練上。他的狀態感覺不太好。

老師似乎也看穿了這一點，最近會把休息時間延長，或是提早結束訓練課程。不過，在訓練時斥責兩人「專心點！」的次數，也變得比之前多了。

緩緩睜開原本閉著的雙眼後，從天花板灑落的陽光照進勇次郎的眼底。

他將拉到額頭上的泳鏡戴好，然後翻身沒入水中。

（要到什麼時候，我們才能站上舞台呢……）

專屬於兩人的歌曲尚未成形，就在思考這種問題，勇次郎覺得這樣的自己有些可笑。

是半年後、還是一年後呢？從一切都還沒準備妥當的現況來看，就算一年後才能正式出道，或許也已經算快了。

目前得做的事情多到如山積，在腦中描繪出來的一年後的光景，讓勇次郎感覺遙遠不已。

至少，如果能夠有一首出道曲的話，就可以讓他有前進一步的實際感受了——

lesson4
～課程4～

游回泳池旁後，勇次郎拉起泳鏡，抹去滴下來的水滴。

「你幹嘛像海獺那樣浮在水面上啊？」

以雙手抱胸的愛藏，站在池畔一臉不悅地問道。

他似乎一直沒有下水，身上看起來都是乾的。

雖然已經換上泳褲，但愛藏上半身卻還穿著連帽上衣。從這點來看，他八成完全不打算下來游泳吧。勇次郎摘下泳鏡，詫異地抬頭望向他。

「……你怎麼還穿著那件連帽上衣？」

「有什麼關係啊……」

愛藏別過臉去，回應他的音量也變得比較小，態度顯得不太自然。

這麼說來，經紀人早上開車來接他們時，愛藏感覺就無精打采的。

對喜愛運動的他來說，這樣的反應很罕見。

「下來游泳啊？距離活動開始還有好一段時間耶。」

「不用了啦。我今天可是來工作的。」

因為覺得這樣的愛藏很可疑，勇次郎忍不住直直盯著他。

他應該很喜歡遊樂園或是休閒會館這類場所才對。勇次郎常看到他跟工作人員開心討論遊樂園裡諸如雲霄飛車那類刺激的遊樂設施，然後說自己很想去坐。

然而，今天的愛藏卻穿著連帽上衣站在泳池畔，看起來活像個救生員。只是在一旁默默看著其他人開心玩耍，實在不像愛藏的作風。

「你打算就這樣呆站到表演開始嗎？」

「我今天不是來玩的啦。不像你整個是來度假的。」

「難道你不擅長游泳？」

看到愛藏無法馬上否認的反應，勇次郎判斷自己八成猜對了。

上舞蹈訓練課時，無論是後空翻還是側翻，都難不倒他。他還曾在無法倒立的勇次郎面前表演單手倒立，然後一臉得意地表示：「這超簡單的好嗎～」

平常老愛展示自己優秀運動能力的他，竟然不擅長游泳，未免也太讓人感到意外了。

「希望我教你游泳的話，就老實說出來吧？」

「你在說什麼啊，我當然會游啦……很簡單好不好。」

「哦……那你就下來游啊。」

在體力這方面，勇次郎實在比不過愛藏。即使有透過慢跑來訓練，愛藏的體力仍比他

lesson 4

～課程 4～

優秀一大截。

游泳是勇次郎唯一算得上擅長的運動了。

「我今天沒這個心情，所以就免了。而且……我是來工作的……」

「哦……這樣啊。那你就永遠待在這裡工作吧。」

語畢，勇次郎放開攀著池邊的手，以仰泳的姿勢用雙腳打水游走。

愛藏垮下臉看著他的身影順勢快速地遠去。

（去借個泳圈不就好了……）

浮在水面上這麼想的時候，勇次郎瞥見幾名在池畔走動的男孩子。

他們全都穿著連帽上衣。此外，這裡明明是室內，這群人臉上卻都戴著太陽眼鏡。

雙手扠腰佇立在池畔的愛藏，看似閒到發慌地東張西望。

或許是因為這樣，他沒能發現從自己身後走過的那群男孩子。

其中一人說了一句：「別擋路！」突然伸手用力推了愛藏一把。

一個踉蹌後，沒能站穩腳步的愛藏整個人往一旁倒去。

或許這樣的狀況完全出乎他的意料吧，愛藏臉上寫滿錯愕：「咦？」

接著是撲通一聲巨響，在附近玩水的人也紛紛因此轉過頭來。

（那些傢伙……！）

勇次郎翻身，以自由式迅速游回池畔。

「嗚哇……！」

愛藏驚慌失措地伸出手攀住泳池邊。

看到他的反應，那群男孩子出言調侃：「那傢伙有夠遜耶～」

「很危險耶，你幹什麼啊！」

愛藏皺起眉頭怒瞪那群男孩子。

「是杵在這種地方的人不對吧！」

其中一人這樣嘲笑他。

愛藏剛才是站在游泳池畔，並不是會妨礙他人通行的地方。

是對方刻意靠近他，再把他推下水。

雖然不知道這群人是看愛藏哪裡不順眼，但他們很明顯是故意在找碴。

游回來的勇次郎伸手攀住池邊。

「啊，喂……！」

他沒有理會愛藏的呼喚，迅速從泳池裡上岸。

身體不斷滴水的他，對那群男孩子投以冰冷的視線。

「你這傢伙幹嘛啊？」

其中一人伸出手，用力推了勇次郎肩膀一下。

「把別人撞飛到泳池裡，你以為可以這樣就算了嗎？」

「啥？怎麼，你現在是想找我們吵架嗎？」

「先找人吵架的是你們吧？」

勇次郎帶著滿滿不悅的嗓音，聽起來比平常更加低沉。

「喂！」身後再次傳來愛藏的呼喚聲。

或許是覺得再這樣爭執下去不太妙吧，他也慌慌張張從泳池裡爬上來。

「給我道歉。在這裡道歉，馬上……！」

「你現在是存心找碴嗎？太囂張了吧！」

「我叫你道歉！」

勇次郎一把揪住對方連帽上衣的衣領這麼怒吼。

這群男孩子看上去似乎是高中生。可能是看勇次郎和愛藏比自己年紀小，就瞧不起他們吧。

他們或許是心情不好，所以想找人發洩一下之類的，但為什麼別人就得遭受這種不合理的欺凌？

要是以為自己可以毫無理由地踐踏他人，那可就大錯特錯了。

勇次郎就這樣跟對方互瞪了幾秒鐘。

之後，他揪住對方衣領的手被狠狠推開。

對方移開視線，然後「嘖」了一聲。

「……喂，走嘍。時間到了。」

原本在附近玩耍的其他遊客，也開始議論紛紛起來：「怎麼了？發生什麼事？」

「啊～真讓人不爽！趕快結束然後回去吧。」

那群男孩子不屑地這麼說，接著便離開了池畔。

（那些傢伙是……）

依舊眉頭深鎖的勇次郎，緊盯著他們離去的背影。

那群男孩子朝著活動會場的方向走去。

「……早知道就一腳踹飛他們了。」

毫不掩飾地這麼輕聲開口後，他發現愛藏圓瞪著雙眼望向自己。

lesson4
～課程 4～

「你的個性比外表看起來更衝動耶。」

「……為什麼這麼說？」

「看到你突然發飆，我緊張了一下呢。」

看著愛藏回想起方才的光景而笑出來的模樣，勇次郎對他投以不悅的視線。

「還不是因為你站在池畔發呆啊。」

他忿忿地這麼反擊，然後別過臉去。

「就算這樣，你也沒必要發脾氣吧～？」

「因為你全身破綻，才會被那種怪人纏上。」

「對不起啦……」

愛藏以手撥開濕透的髮絲，露出一臉尷尬的表情。

因為摔進泳池裡而全身濕透的他，身上那件連帽上衣不斷滴著水。

（我都還沒讓那群人好好道歉……）

勇次郎轉身，撲通一聲躍入泳池裡。

「你還要游喔？」

「反正現在很閒啊。」

距離表演開始，大概還有一個小時的時間。而且，因為剛才那群讓人不爽的傢伙，勇次郎的心情變得很差。

盯著水面沉思片刻後，愛藏脫掉連帽上衣走下泳池。

「我也要游！」

「你不用勉強沒關係啊。」

「……………雖然我確實不太擅長游泳就是了。」

「那你去岸上找個地方躺著啦。」

「不行，我絕對要學會游泳！」

從愛藏握拳這麼宣言的態度看來，剛才被人推下水池又被當成笑柄，想必讓他很不甘心吧。

「哦……那你加油嘍。」

語畢，勇次郎便游著離開愛藏身邊。

游到一半，他轉頭往回望，發現愛藏仍攀著池邊，看起來一臉的猶豫不決。

（他在幹嘛啊……）

勇次郎輕輕嘆了一口氣，再次游回泳池邊。

lesson4
～課程4～

「你不是說要游泳嗎？」

「那個啊，這邊的泳池……踩得到底嗎？」

愛藏表情看起來有幾分僵硬，以不安的嗓音這麼開口詢問。

「泳池正中央的部分可能比較深吧。」

跟其他泳池比起來，這個池子偏深。或許是因為這樣，在這裡游泳的人也比較少。

「不然你去那邊的泳池練習？那裡水深到膝蓋而已。」

勇次郎望向兒童池這麼說。那裡有許多幼兒園或小學低年級的孩子在玩水。

池畔還設有溜滑梯，孩子們看起來都玩得很開心。

「那種泳池哪有辦法游啊。」

「學校上游泳課的時候，你都在幹嘛？」

「……我念的國中沒有游泳池啦。」

從愛藏別開視線的反應看來，他的游泳課八成都翹掉了吧。

「你可以去借個泳圈啊。」

無論是虎鯨、海豚造型的大型充氣玩具或是沙灘球，這裡都借得到。

看到附近的人使用的充氣玩具，「啊！」愛藏露出恍然大悟的表情。

靠在甜甜圈狀泳圈上的勇次郎，「一、二、一、二」地打拍子。

愛藏則是以一隻手抓著泳圈，然後用另一隻手划水，雙腳也努力地打水。

他一直維持著臉沉在水裡的姿勢。

或許是無法繼續憋氣了吧，他抬起頭來，抓著游泳圈大口呼吸。

「你要換氣啊。」

「我哪有辦法同時做這麼多事情啦！」

「在划水的時候把頭抬起來不就好了？」

「別說得這麼簡單啦。」

語畢，愛藏重新戴上泳鏡，用力吸了一口氣之後，再次將臉沉入水中。

勇次郎靠在泳圈上，眺望愛藏在一旁努力練習自由式的模樣。

（雖然是有變得比較會游一點……）

一開始，光是要讓雙腳做出正確的打水動作，就已經讓愛藏使出渾身解數；但在練習

三十分鐘後，他的動作看起來已經相當到位。

畢竟他原本就很有運動細胞，所以不可能做不到。

「你差不多該放開這個泳圈了吧？」
「我絕對不會放！死都不會～！」
愛藏緊緊攀住泳圈，以極其堅定的態度這麼表示。
勇次郎不禁以手掩嘴，雙肩也輕輕顫抖起來。
「別笑啦。我很認真在練習耶！」
明明幾乎每一項運動都很擅長的愛藏，卻總會在奇怪的地方顯得笨拙。這讓勇次郎忍不住想笑。
「你為什麼從剛才就一直靠在泳圈上享受啊。給我下來～！」
「不要。」
勇次郎別過臉去，讓從泳圈裡探出的雙腿浮在水面上。
「我要把泳圈整個翻過來喔！」
聽到愛藏這麼威脅，勇次郎露出壞心眼的笑容，回道：「你翻啊～？」
就算只是一瞬間，愛藏八成也不願意放開這個泳圈吧。他露出相當不甘心的表情。
「你的個性真的很扭曲耶！」
「不好意思喔。」

lesson4
～課程４～

「你們兩個～！」

聽到這聲呼喚，勇次郎和愛藏同時望向池畔。經紀人內田正雙手扠腰站在那裡。

二

有許多間休息室並排的這條走道，在角落規劃了一個訪客休息區。經紀人內田領著勇次郎和愛藏，在這裡和女性偶像藝人初野愛，以及擔任她經紀人的青年見面。

初野是另一間知名事務所旗下的藝人，但似乎跟經紀人內田互相認識。

電視播放的娛樂節目和音樂節目上，都經常能看到初野的身影，所以愛藏和勇次郎也知道這號人物。今天是他們第一次和本人見面。

有些緊張的兩人以「「請多多指教！」」向初野鞠躬致意。

雖然隸屬於不同事務所，但初野可說是他們在演藝界的前輩。

「你們都還沒正式出道是嗎？現在是國中生？應該……不會是小學生吧？」

初野以吃驚的語氣這麼問道。或許是因為假睫毛和妝容的效果，她的雙眼看起來格外炯炯有神。

距離活動開始還有三十分鐘，但她已經換上了表演用的服裝。

因為是在游泳池畔舉辦的活動，外頭罩著連帽上衣的她，裡頭穿的大概是泳裝吧。

「他們再怎麼年輕，都不至於是小學生吧～初野。」

初野的經紀人在一旁帶著苦笑吐嘈。

愛藏戰戰兢兢地回道：「我們今年國三。」

聽到他的回答，初野露出笑容表示：「請多多指教！」並朝兩人伸出雙手。

愛藏和勇次郎先是面面相覷，接著才以有些顧慮的態度握住她的手。

「初野，妳是今年要參加入學考～？」

聽到經紀人內田這麼問，初野以開朗的嗓音回答：「是的！」

「一定很辛苦吧～所以，妳打算繼續念大學嗎？」

「唔……畢竟我不太擅長念書呢……比起念書，我更想努力練唱。不過，之前跟經紀人提到我想去國外留學，結果就被他反對了！」

「因為妳的英文完全不行啊。這樣怎麼有辦法去國外呢！」

一旁的經紀人這麼反駁後，初野鼓起腮幫子不滿地表示：「看吧，他馬上就反對！」

lesson4
～課程４～

「你們倆是叫做勇次郎跟愛藏對吧？現在這段時期想必很辛苦，但要繼續加油喔～之後什麼樣的企畫都有可能遇到呢……例如去鬧鬼的地方探險之類的！」

聽到初野壓低音量這麼說，兩人不約而同地「「咦！」」了一聲，表情也變得僵硬。

「別用奇怪的情報洗腦新人啦～！」

被經紀人這麼喝斥後，初野露出吐舌的俏皮表情。

「初野小姐，妳等等要上台表演對嗎？」

「沒錯！而且還是負責打頭陣的呢。我現在真的超級緊張～～！」

「我們會替妳加油。」

「我也很期待看到妳的表演喔！」

看到兩人的笑容，初野吃驚地眨了眨眼。

「內田小姐，這兩人很不錯喔！會讓人想替他們加油打氣耶。」

「對吧～？你們兩個也要好好觀摩初野的表演，確實從中學習喲～！」

勇次郎和愛藏回應：「「是！」」

這時，走道上某間休息室的大門被人打開。

「今天的活動真的讓人提不起勁耶。」

「剛才那個吵著要簽名的女人有夠纏人的～」

「隨便表演一下了事吧。麻煩死了～」

「今天要唱三首歌來著～？乾脆唱完一首就走人好了～？」

「嗚哇，那也太不妙了吧。之後會挨罵的。」

「隨便找個理由敷衍過去就好啦，說是相關設備故障之類的。」

幾個男孩子這麼有說有笑地走出來。

發現他們是剛才在泳池畔把愛藏撞下水的那群人之後，兩人的表情瞬間變得僵硬。

從身上穿著表演服這點來看，他們或許也是等等會上台的偶像團體之一吧。

似乎也發現了勇次郎和愛藏，「啊……」他們停下腳步。

「為什麼這兩個傢伙也在啊……」

擺出明顯臭臉這麼開口的，是有著鮮豔髮色、擔任團體隊長的男孩子。

「應該是哪個事務所的新人吧？雖然我完全沒看過就是了。」

另一個男孩子看著初野和她的經紀人這麼說。

初野不悅地皺起眉頭叨唸：「那些人是怎樣啊……」

「……你們做了什麼嗎？」

lesson4
～課程 4～

經紀人內田壓低嗓音這麼問，但勇次郎和愛藏都沒有回答。

並不是他們主動去挑釁對方。有錯的是率先過來找碴的那群人才對。

「要好好教他們面對前輩時應有的禮貌喔～」

「那兩人八成太小看這個業界了吧？感覺就是一臉愛撒嬌的小鬼頭啊！」

這番徹底瞧不起人的發言，或許是刻意說給勇次郎和愛藏聽的吧。

（小看這個業界的人是誰啊……）

心情大受影響的勇次郎不禁垮下臉。

表演舞台可不是隨隨便便就能站上去的地方，是只有被選中的人才能夠進入的聖域。為了站上那個地方，大家都是拚了命在努力。

而他跟愛藏亦是如此——

或許，這只是一場讓藝人上台唱幾首歌的小型活動而已。儘管如此，仍有粉絲會為了觀賞他們的歌舞表演而特地來到這裡。

還有為了今天這場活動，辛苦地進行各項準備的工作人員和樂團成員。這種鄙視他人的心意和努力的發言，是專業人士絕不能有的行為。

「時間差不多了！」

一名男性工作人員把那群人找了過去。

男孩子們先是不悅地咂嘴，接著又煩躁地瞪了兩人一眼，這才轉身離開。

看著他們離去的背影，初野咕噥了一句：「這群人感覺真差～」

「我等一下可要在舞台上好好表現，給他們一點顏色瞧瞧！」

初野彎起握拳的手臂，然後展露笑容。

看到這樣的她，嘴角不禁跟著上揚的愛藏和勇次郎回應：「「是。」」

待表演開始，活動舞台前方聚集了大量觀眾。

初野站上舞台後，隨即炒熱了整個會場的氣氛。除了她的粉絲以外，只是來這裡玩水的普通遊客，也被她的表演和歌聲吸引到舞台旁。作為活動的開場表演，這樣的狀況可說是相當理想。

勇次郎和愛藏待在舞台後方觀看她的表演。

初野十分懂得如何提振觀眾的情緒。在唱完兩首歌後安插的一小段活動主持時間，也讓台下的觀眾看得很開心。

在舞台上擔綱第一棒歌手，不只令人緊張，同時也是一個困難的任務。

要是一開始就失敗，會讓整場活動變得很掃興。初野想必也很明白這樣的道理，所以她努力炒熱觀眾的情緒，讓他們在興奮的狀態下，迎接下一個上台表演的團體。

雖說她已經出道三年，所以應該累積了不少相關經驗，但這仍不是能夠輕鬆做到的事情。

接著上台的表演者，也都盡全力完成了自己的工作。

最後登台的，是和愛藏、勇次郎起爭執的那群男孩子團體。

（太糟糕了吧……）

這群人剛上台時，粉絲們的歡呼聲相當熱烈；然而，到了曲子快結束的時候，現場只剩下零星打拍子的聲音，以及喊得有些放不開的加油聲。

他們似乎為了不知道該如何炒熱氣氛而感到困惑。

看起來態度明顯變得不耐的男孩子們，就連舞蹈表演都七零八落。

完全可以看出他們不想對自己的表演負責的心態。

唱完第一首歌以後，他們沒有直接下台走人，或許已經算不錯了。

在第二首歌開始後，勇次郎已經徹底對他們的表演失去了興趣。

在一旁觀看的愛藏，也露出一臉乏味的表情。

好不容易來到主持時段，但他們也只有做一些簡單的自我介紹而已。

「他們的表演，倒也能讓人學到不少呢。」

「做為負面教材的話啦。」

嘆著氣和愛藏這麼交換意見後，勇次郎不經意朝泳池的方向一瞥。

有個小男孩踩著不太穩的腳步追著沙灘球跑。

總覺得情況看起來有些危險，勇次郎忍不住緊盯著那個小男孩。這時，他看到那顆沙灘球滾落泳池裡。

或許是企圖把漂在水面上的沙灘球撿回來吧。

小男孩在池畔蹲低身子，然後伸長自己的手。

下個瞬間，目睹他整個人直接栽進水中，勇次郎不禁「啊！」地驚叫出聲。

他踏出腳步的同時，池裡濺起另一灘水花。

看到小男孩落水，愛藏隨即拔腿衝了出去。

比起思考，他的身體似乎搶先一步採取了行動。愛藏毫不猶豫地跳進泳池裡。

lesson 4
～課程 4～

「那傢伙在想什麼啊…………！」

忍不住這麼輕聲咒罵的勇次郎也跟著衝過去。

明明是個不懂得如何換氣、又緊抓著泳圈不敢放手的人。

那個小男孩在泳池的另一側落水，因此沒有半個大人注意到這件事。

另一方面，也是因為人潮都聚集到正在舉辦活動的舞台前方的緣故吧。

小男孩落水的聲音，被表演的歌聲和樂聲蓋過，所以沒能傳入任何人耳中。

愛藏以雙臂奮力划水，一直線游向小男孩所在的泳池另一側。

「咦，那邊發生什麼事了？」

附近的一名女子終於察覺異狀而開口後，待在她周遭的人也開始騷動起來。

勇次郎還以為自己會先抵達小男孩的所在處，結果愛藏快了他一步。

他抱住那個小男孩，將頭探出水面用力吸了一口氣。

看到勇次郎從池畔朝自己伸出手，愛藏像是鬆了一口氣般抓住他的手。

勇次郎使力將單手抱著小男孩的愛藏從泳池裡拉上岸。

接著，他又彎下腰撿起漂在水面上的那顆沙灘球。

他轉身望向緊緊抱住愛藏嚎啕大哭的小男孩，說了一聲：「給你。」把球遞給他。

看到沙灘球，小男孩瞬間破涕為笑。這樣應該就不要緊了。
這時，一名男子驚慌失措地呼喚著小男孩的名字跑過來。或許是他的父親吧。
休閒會館的工作人員們也慌慌張張地趕來。
一部分的圍觀者開始鼓掌，有些人甚至發出「哇～！」的歡呼聲。
察覺到周遭鼓譟的人聲後，勇次郎和愛藏不禁困惑地望向彼此。
不知何時，他們倆徹底成了全場注目的焦點。

「搞什麼東西啊！因為你們，我們的舞台表演全都白費了！」
來自休息室裡頭的怒吼聲，就連走廊上都聽得到。
愛藏和勇次郎緊抿著唇，垂下頭默默聽著對方的怒罵。
他們倆從剛才就不發一語。或許是對他們這樣的態度很不爽吧，偶像團體的隊長又吼了一句：「你倒是給我說點什麼啊！」然後一把揪住愛藏連帽上衣的衣領。
「……………真的……………非常抱歉……………！」

愛藏以僵硬的表情，勉強擠出這句賠罪的話。

被對方一把推開的他，在踉蹌幾步後撞上牆壁。

「你是故意的吧！是為了破壞我們的表演才那麼做吧！」

「我沒……」

「你要怎麼補償我們啊？給我負起責任！」

即使被這樣不停怒罵，愛藏仍只是垂著頭，緊緊咬住下唇。

他並非故意引起這場騷動，更不是因為想破壞表演才這麼做。對方的主張根本是強詞奪理。

他們只是想把表演不夠成功的責任歸咎到其他人身上而已。

（打從一開始，明明就無心好好表演……！）

雙手緊緊握拳的勇次郎，忍不住往前方踏出一步。

一旁的愛藏見狀，連忙伸出手拉住他的手腕。

勇次郎企圖甩開愛藏的手，卻被他更用力握住手腕。或許愛藏是想叫他忍住吧。

引發那場騷動的或許是他們倆沒錯，然而，當下的狀況也是情非得已的。總不能叫他們眼睜睜看著那個小男孩溺水。

面對當時的緊急狀況，兩人所採取的因應措施十分恰當。既然這樣，他們為什麼非得向這些人道歉不可？

在舞台表演時發生意外插曲，是很常見的事情。

針對這些意外做出妥善對應，是站上舞台的人的責任。

在騷動發生後，大部分的觀眾都已經無心觀看表演。但他們卻沒有試著重新炒熱現場的氣氛，連聲招呼都不打就逕自走下舞台。

（換作是我們的話……）

勇次郎忿忿地咬牙，然後垂下頭。

尚未出道、默默無聞的新人。這樣的他們，現在不管說些什麼，都只會讓自己加倍空虛而已。

勇次郎心中的想法，只能透過站上舞台的方式來證明。然而，現在的他們仍沒有這樣的資格。

「那個，適可而止吧……再這樣下去，會把問題鬧大……」

對方的經紀人怯生生地這麼開口。

lesson4
～課程 4～

「少囉唆，你安靜點啦！」

隊長朝大門重重搥了一拳，同時這麼怒吼。

經紀人隨即害怕地閉上嘴巴。

這時，一直在後方觀看事態發展的經紀人內田取而代之地走上前。

「您好，敝姓內田，是這兩位的經紀人。」

她從套裝內袋裡掏出自己的名片，笑容可掬地遞給對方。

「誰要妳的名片啊，妳跟我們又沒關係！」

隊長揮開她的手，名片也跟著掉到地上。

經紀人內田蹲下來撿起名片，吹掉上頭沾染的灰塵。

「今天，關於兩人引發的騷動，敝人深感遺憾……不過，舉辦活動或演唱會的時候，觀眾的人身安全，永遠是必須最優先考量的問題。這次沒有演變成嚴重的事態，敝人真心感到慶幸。」

說著，經紀人內田轉頭詢問：「您也這麼認為吧？」

「是的，誠如內田小姐所言！」

用力點頭表示同意的，是看起來困擾至極的會館負責人。

從臉上的表情看來，他很明顯不想被捲入兩間事務所的這場紛爭之中。

「這次讓各位有如此不愉快的經驗，敝人感到萬分抱歉。若有其他想表達的不滿，還請您撥打名片上的這個電話號碼，或是親自前來敝事務所洽談。」

語畢，經紀人內田硬是將名片塞進對方的口袋裡。

看到她鏡片後方那雙眸子透出的犀利眼神，隊長和其他成員的氣焰似乎減弱了幾分。

說起來，要是把這件事鬧大，對方的事務所同樣會感到困擾。那些男孩子略微尷尬地和彼此交換眼神。

「走吧。」

經紀人內田開口催促兩人離開，彷彿在宣告這件事就到此為止。

勇次郎和愛藏準備跟上她的腳步時，傳來那名隊長低聲咒罵「走著瞧吧」的嗓音。

（該走著瞧的是你啦……）

勇次郎以面無表情掩飾內心的不悅，頭也不回地離開。

愛藏也皺著眉頭別過臉去。

lesson4
~課程4~

換完衣服後兩人步出休閒會館朝停車場前進。西斜的夕陽將天空染成一整片琥珀色。

先行來到停車場的經紀人內田，佇立在轎車旁等待他們到來。

「今天真的非常抱歉……」

勇次郎朝她鞠躬賠罪。他們讓經紀人也捲進這場紛爭之中，所以有必要向她道歉。

而且，她也出面袒護了勇次郎和愛藏。

「噢，沒關係、沒關係。畢竟你們並沒有錯啊。」

經紀人內田輕輕揮手回應，然後用鼻子哼笑一聲。

「應該說，你們做得太好了。」

「可是……都是因為我……」

愛藏望著地面，說話的嗓音也很低沉。他的表情看起來相當沮喪。

經紀人內田以手扠腰，說了一句：「這個嘛……」

「得讓你們寫一份悔過書才行嘍。勇次郎，你也要寫。畢竟你們已經是生死與共的關係了。」

兩人先是同時發出「「咦！」」的驚叫聲，接著在望向彼此後匆匆移開視線。

畢竟自己多少也有不對的地方，所以只能老實接受這樣的處置。

這時，一陣來電鈴聲響起，經紀人內田從套裝的口袋裡掏出手機。

似乎是客戶打來的電話。以「你們先上車吧」交代兩人後，她便暫時從轎車旁離開。

勇次郎和愛藏沒有立刻上車，只是眺望著經紀人內田講電話的背影。

「…………是說，剛才那些人的表演真的有夠糟糕耶。」

愛藏將背靠在車身上，然後這麼輕聲開口。

勇次郎也在一段距離外靠在轎車上。天邊的夕陽十分炫目。

「與其說是糟糕……不如說是讓人完全聽不下去。」

「真虧他們好意思自稱是偶像團體耶。為什麼那種人可以出道啊？」

「……天知道。可能是因為在甄選會時很引人注目吧？」

「審核的關鍵是這個嗎？」

愛藏不禁露出一臉無言的表情。

這時，勇次郎的嘴角微微上揚。

因為他想起愛藏為了救小男孩，奮不顧身地跳進泳池裡的光景。

「真虧你剛才能游那麼遠。」

「嗯？噢……但我其實沒什麼印象呢。」

lesson4
～課程4～

愛藏將交握的雙手抵著後腦勺這麼回應。或許是因為他當下一心只想著要救人吧。

「你那時有好好換氣嗎？」

「……這個嘛，我也不知道……我當下根本沒多餘的心思去思考換氣的問題啊。」

游了那麼遠的距離，不可能完全沒有換氣。所以愛藏或許是下意識這麼做了。

「因為這次的意外而學會游泳，不是挺好的嗎？」

「初野小姐的表演也很棒呢。」

「其他人的表演也是。」

兩人同時說出：「「但最後的表演糟糕透頂。」」然後輕笑出聲。

「我絕對不要變成那樣。」

愛藏露出認真的表情這麼說。

「我也不想做出那種水準的表演。」

「換作是我的話，一定會羞愧到暫時都不想在人前露臉了。」

即使同樣是偶像，也還是會有各種不同的人存在。想成為偶像的理由、想站上舞台的理由，也都各有不同。所以，恐怕不是每個人都會幹勁十足地面對工作，也不是每個人都想努力往上爬。他們可沒有閒工夫去理會這種扯人後腿的存在。

要把目標放在哪裡、要成為什麼樣的偶像，都是由自己來決定的事情——

「要是你變成那副德性，我會毫不留情地拋下你。把你丟在沙漠正中央不管。」

「哪來的沙漠啦。用不著你擔心，我才不會變成那樣……死都不會。」

愛藏皺起眉頭，像是下定決心似的這麼宣言。

「很難說喔。」

語帶調侃地回應後，勇次郎轉身打開後座的車門。

「你才別變成那副德行咧。要是你變成那樣……」

「……要是我變成那樣？」

勇次郎筆直望向愛藏，以同樣認真的表情問道。

「我應該……………不會原諒你。」

愛藏將視線微微往下，像是自言自語般回應。

凝視他臉上的表情半晌後，勇次郎坐上轎車後座。

「我會記住的……」

若是妳落淚了，

lesson5 ~課程5~

那想必是欣喜的眼淚。

×lesson 5 ～課程5～

一

在舞蹈教室的練習室裡，愛藏和勇次郎一起在落地鏡前方練習舞步。

雖然有老師在後方幫他們打拍子，但兩人的動作差距愈來愈大。

因此感到不耐的他們，臉上的表情也愈來愈難看。

「好，到此為止！」

老師拍了一下掌心，將還在播放的樂曲停止。

「你要好好配合我啊！」

「是你該配合我才對！」

看到勇次郎和愛藏揪住彼此的肩膀爭執起來，老師不禁以手扶額嘆氣，一副「又開始了啊」的反應。

「你有好好聽曲子嗎？你每次都會搶拍子耶！」

「我都有抓到節奏好嗎。是你慢半拍才對！」

「再跳一次就知道了吧？」

「沒跟上節奏的人絕對是你啦！」

兩人在落地鏡前拉開一段距離站好，然後在一瞬間交換眼神。

下一刻，他們一起喊出「一、二！」打拍子，然後踏出腳步。

一開始的時候，兩人的動作的確整齊劃一。

然而，之後即使在同一個時間點踏出步伐，兩人的動作卻開始出現落差。

因為無法確實配合節奏跳舞，曲子才播放到一半，他們仍煩躁到忍不住停下動作。

「果然是你沒跟上節奏！」

「那你配合我不就好了嗎！」

愛藏揮開勇次郎指著自己的手這麼反擊。

「節奏白痴！」

勇次郎這句話，讓愛藏火冒三丈地皺起眉頭。

「是因為你缺乏協調性，才會變成這樣。你完全沒在看我的舞步吧！」
「你幹嘛把錯怪到別人頭上啊！」
「你沒在看對吧？完全沒有！」
「要是看了，連我都會跳不好啊！」
「你真的讓人很火大耶！誰有辦法繼續跟你跳下去啦！」
這時，一隻手猛地抓住愛藏的後腦勺。
他轉頭一看，發現老師帶著生氣的表情站在自己身後。
「我不是說到此為止了嗎～你們倆都沒有抓對拍子啦！」
將手從愛藏的後腦勺上放開後，老師雙手抱胸瞅著兩人。
「你們最近狀況特別糟呢。要是出道了，可不像現在有這麼多時間接受訓練課程喔。你們得趁這段期間，練習到動作能跟彼此完美配合才對啊。難道你們打算就這樣站上舞台？有勇氣站上去嗎？」
聽著老師的訓斥，愛藏和勇次郎一臉尷尬地沉默下來。
「你們應該也知道自己的動作完全對不上吧？只要看練舞時拍攝的影片，應該就一目了然……現在可不是鬧內訌的時候喲。」

兩人向老師道歉：「「非常抱歉……」」

「這樣子繼續練下去也沒有意義，所以今天的課程就到此為止。你們回去好好反省吧。」

語畢，老師便走出練習室。

在大門關上後，勇次郎和愛藏仍在原地茫然佇立了片刻。

——難道你們打算就這樣站上舞台？

老師的話在耳畔迴響著。

（這我也明白啊……）

愛藏默默將雙手握拳。

這陣子以來，因為盤據在內心的焦躁感，他時常和勇次郎起衝突。

最近，替兩人上訓練課程的老師們，也比過去來得更加賣力。而經紀人內田感覺也比以前更加忙碌，經常為了開會而外出。

愛藏也聽說他們有可能會在上高中前就正式出道。

感覺一切突然變得很真實，遲遲無法徹底切換自己的心情。

lesson5
～課程 5～

為此，一旦遇到不順遂的事情，他的情緒起伏也會變得很激烈。

（這樣下去鐵定不行啊。）

愛藏撿起放在地上的毛巾，一邊擦汗，一邊往勇次郎的方向偷瞄。

後者移動到長椅旁，把毛巾和寶特瓶等私人物品塞進自己的包包裡。

「……你還真的要回去喔？」

「……要是你想繼續練，就留下來啊。」

勇次郎的回應相當冷淡。

或許是不打算繼續跟愛藏對話下去吧，他無言地拉上包包的拉鍊。

（只有我一個人留下來也沒用啊……）

愛藏嘆了一口氣，放下拿著毛巾的那隻手。

換完衣服走出舞蹈教室時，外頭已是夕陽西斜的時刻。雨點敲打著變得昏暗的街道。

勇次郎或許已經搭上來接他的車子離開了吧。

愛藏撐起傘，牽著腳踏車踏出腳步。

他很擅長跳舞，也能做到一些高難度的動作。參加甄選會時，愛藏也認為自己在這方面應該獲得了不錯的評價。然而，要配合搭檔跳舞的話，跟自己一個人跳舞又不一樣了。

他有努力試著配合勇次郎，但兩人的動作就是無法變得整齊劃一。

「果然是我的問題嗎……？」

愛藏不禁這麼自言自語起來。他走到大馬路上，在斑馬線前方停下腳步。

他掏出手機，再戴上耳機，然後按下某段影片的播放鍵。

那是老師傳給他的，在兩人練舞時所拍攝的影片。愛藏一邊等紅綠燈，一邊觀看這段影片。

兩人的動作七零八落到超出他想像的程度。

不只是舞步，就連手臂、頭和手的細微動作，也完全不夠整齊。

他理應是跟勇次郎在相同的時間點、做出相同的動作才對。

至今，愛藏都是靠自己摸索出舞蹈的技巧。一個人跳時能夠做到的事情，換成兩個人跳時，就變得做不到了。一心想配合對方的動作，反而讓他抓不到節拍，導致跳錯舞步。

儘管兩人幾乎每天都一起接受訓練課程，但愛藏總覺得他們愈是想配合彼此，就愈沒有默契。

「這樣……很不妙吧。」
愛藏不禁以手扶額這麼輕喃。
再這樣下去，就算出道了，也只會丟人現眼。
明明之前才宣言自己不會做出丟臉的表演——
愛藏摘下耳機，將它和手機一起塞進包包裡。

回到家後，愛藏發現母親還沒回來。因為沒看到哥哥的鞋子，所以他大概也出門了。
他打開電燈踏進客廳裡。原本在沙發上酣睡的貓咪小黑抬起頭，然後跳下沙發，跑過來蹭著愛藏的腳撒嬌。
他望向放在房間一角的寵物用飯碗，發現裡頭裝了滿滿的貓飼料。以幼貓一天的食量來說，這樣的份量未免太多了。這想必是哥哥幹的好事。他八成是回家一趟之後，又跑出去了吧。
「真的有夠隨便耶～」

（雖然感覺是有心要照顧小黑啦……）

愛藏摸了摸小黑的頭，然後踏進旁邊的飯廳。

朝空空如也的餐桌瞄了一眼後，他往冰箱走去。

愛藏拉開冰箱門，牛奶、培根、雞蛋和吐司映入他的眼簾。

（我記得……家裡還有義大利麵吧……）

伸出手想拿培根時，他在半路停下動作。

「……我要煮義大利麵，你要吃嗎？」

「是奶油培根口味的話我就吃。」

他回想起自己還在念小學時跟哥哥的這段對話。

那時，父母的爭吵聲每天都迴盪在這個家中。

因為不想聽他們的聲音，而緊緊掩耳的那段回憶，此刻重新浮現在腦海之中。

只顧著一直吵架的父母，還有對這一切視若無睹，只是堆出一臉虛偽笑容的哥哥，他全都無法原諒。家人之間的羈絆早已不存在，是他們四人都心知肚明的事情。

lesson5

～課程5～

所以，愛藏在內心默默祈禱，希望這一切乾脆崩壞殆盡——

在雙親離婚、父親也離開這個家之後，雖然不用再聽到他們怒罵彼此的聲音，但取而代之籠罩了這個家的，是令人窒息的沉默。

哥哥之所以愈來愈不常回家，或許就是因為這個家只剩下空殼，讓人待得很痛苦吧。

（一家人真的都四散了呢……）

「你為什麼能這樣嘻皮笑臉的啊！明明就不是真心在笑！」

對一切厭煩至極的愛藏，有天再也受不了了，於是這樣對著哥哥怒吼。

至今，他仍無法忘記哥哥當下彷彿凍結住的那個表情。

愛藏默默將雙手握拳。來到腳邊的小黑，帶著一臉愣愣的表情抬頭仰望他。

那時，如果他祈禱的是「即使有名無實也好，希望一家人能夠在一起」，現在情況會不會不一樣呢？

不管再怎麼後悔，時間都不可能倒轉，名為「現在」的結果也不可能改變。

胸口彷彿被緊緊勒住的感覺，讓他伸手揪住自己的上衣。

聽到小黑像是在擔心自己的叫聲，愛藏才猛然回過神來。他蹲下來抱起小黑。

他久違地再次和哥哥交談，也是在小黑來到家裡的那天。

看到哥哥抱著一隻幼貓返家，因為太過吃驚，愛藏忍不住主動向他搭話。

或許是因為有小黑在，回家這件事變得沒那麼痛苦了。

至少，這已經不再是沒有人等著自己回來的家——

看到小黑用頭蹭著自己的臉撒嬌，愛藏不禁微微瞇起雙眼。

如果能夠彌補的話，請讓我再次——

「事到如今……我還在想什麼呢……」

這麼輕喃後，愛藏關上冰箱大門。

時間不會倒轉。他也無法往回走。

現在，只能朝著自己認為正確的那條道路，頭也不回地繼續前進。

lesson5
～課程5～

二

隔天放學後，接到經紀人內田聯絡的愛藏造訪了事務所。

踏進休息室時，他跟已經坐在裡頭的勇次郎對上視線，但兩人都沒有向彼此打招呼。

（今天是有什麼事啊……）

愛藏拉開椅子坐下，將書包擱在另一張椅子上。

戴著耳機的勇次郎以手托腮，一雙眼睛直盯著手機畫面。

因為坐在他的對面，愛藏不知道他在看什麼。

愛藏將交握的雙手抵著後腦勺，一邊將椅子往後仰，一邊望向窗戶外頭。

昨天，他反覆看了兩人練舞的影片好幾遍，一直在思考到底是哪裡出了問題。

想配合對方每個動作的時間點，或是不經意做出來的習慣動作，都是相當困難的事情。即使是小小的差距，一旦發生，就會愈變愈大。

上課時，愛藏一直在思考該如何填補這樣的差距，但還是得不出具體的答案。畢竟，他一個人思考這個問題，恐怕也無濟於事吧。

他若無其事地將視線拉回勇次郎身上，發現後者仍專心地看著手機。

（我們這樣真的撐得下去嗎……）

在他鬱悶地以手托腮時，房間大門被人打開。

「久等了～！對不起喔，我剛剛在開會。」

看到經紀人內田進來，兩人從椅子上起身。

勇次郎拉下耳機時，他原本在聽的內容一瞬間傳了出來。

（是昨天練舞的影片……）

勇次郎或許也反覆看了老師傳給他們的影片好幾遍吧。只見他將手機關機，像是想隱瞞什麼似的將它塞進口袋裡。

「噢，你們坐著聽我說就好。」

聽到經紀人內田這麼說，兩人又坐回椅子上。

「接下來的連續三天，我要你們到其他前輩的工作現場去觀摩。」

聽到這個突如其來的要求，勇次郎和愛藏先是吃驚地望向彼此，接著又隨即垮下臉，然後各自移開視線。

愛藏望向經紀人內田，向她詢問：「妳說的前輩是？」

「我之後會再跟你們介紹。好好向他們學習，然後思考今後的你們最需要的是什麼吧！」

經紀人內田又補上一句：「知道了嗎？」同時笑盈盈地交互望向兩人。

愛藏和勇次郎心不甘情不願地以「「是……」」回應她。

從明天開始就是連續假期了，他們也不需要去學校上課。

（今後的我們最需要的是什麼……嗎。）

愛藏將手肘靠在車窗上，眺望外頭的風景。

早上，經紀人內田開車來接他時，勇次郎就已經坐在轎車後座上了。

即使愛藏在身旁坐下，他也毫無反應。在這之後，兩人也完全沒有交談。

愛藏朝身旁偷瞄一眼，發現勇次郎倚著車門睡著了。

或許是因為今天特別早起吧。

（虧我還這麼認真思考……）

愛藏嘆了一口氣，再次將視線移回窗外。

過了約莫十五分鐘後，車子來到一處展演廳外頭。

在停車場裡，幾名工作人員正忙著把卡車上的機械設備搬下來。

（能在這麼大的會場裡表演的話……對方應該是我們也知道的人吧？）

愛藏懷著有些緊張的心情，跟在經紀人內田後頭走進展演廳。

直到剛才，都還一臉沒睡飽的勇次郎，現在看上去也完全清醒了。

（會是誰呢……）

在狹窄的通路上前進片刻後，三人抵達了一間休息室外頭。

經紀人內田伸手敲門，裡頭傳來「來了～」的人聲，門也跟著被打開。

一名身型嬌小的女子走了出來。

「野野～現在方便嗎？我把他們帶過來了。」

「沒問題的，請進～」

被對方邀請入內後，勇次郎和愛藏鞠躬打招呼：「「打擾了！」」

「是誰啊，野野～？」

「是我昨天跟你們說的那兩個新人！」

「啊～對喔，妳有說～」

lesson5
～課程5～

聽到這樣的交談內容，愛藏微微抬起視線。

有兩名男子盤腿坐在沙發上。

一人忙著打電動，另一人則是在滑手機。

（所謂的前輩，原來是指宗田哥跟井吹哥嗎…………）

他們是愛藏也很熟悉的超人氣雙人歌舞團體的成員。在高中時出道的他們，現在已經是大學生了。不僅擁有眾多粉絲，演唱會的門票也總是早早就被搶購一空。

這兩人的舞蹈造詣非常高，據說每首曲子的舞蹈，幾乎都是他們自己想出來的。不只是女性粉絲，他們甚至連男性粉絲也很多。

愛藏也經常觀摩這兩人的舞蹈表演來學習。也曾參加過他們的演唱會。

看到這兩人的勇次郎，同樣露出了驚訝的表情。

「唔哇～！這不是內田小姐嗎，好久不見～」

原本在滑手機的宗田深冬抬起頭，燦笑著這麼打招呼。

在一旁打電動的井吹一馬也「嗯？」地抬起頭來。

「啊，真的耶……內田小姐出現了。為什麼～？」

「因為她是負責訓練梅比斯的新人的魔鬼教練啊～」

「哦……原來是這樣～」

兩人帶著打趣的表情望向勇次郎和愛藏。

「誰是負責訓練新人的魔鬼教練啦。」

經紀人內田皺起眉頭，以雙手抱胸這麼開口。從說話語氣聽來，她跟這兩人關係應該還不錯。

被她喚作野野的那名女子，也在一旁咯咯笑了起來。

（內田小姐究竟是……）

愛藏並不清楚經紀人內田詳細的工作資歷，不過，包含向兩人介紹過的初野小姐在內，她在演藝圈裡似乎認識不少人。她的人脈之廣，著實令人吃驚。

「你們應該已經聽說了，這兩人是之後要在我們事務所出道的愛藏和勇次郎。」

在經紀人內田這麼介紹後，愛藏和勇次郎開口打招呼：「「請多多指教。」」

「這兩位是深冬和一馬，旁邊這位是他們的經紀人野木小姐。」

擔任經紀人的女性滿面笑容地表示：「請多多指教～！」並朝兩人一鞠躬。

深冬和一馬則是輕輕揚起手，回應：「「你們好啊～」」

「如果遇到什麼問題，就找野野商量吧。」

這麼交代過後，經紀人內田拋下一句：「那就萬事拜託嘍~」接著便留下兩人離開了休息室。她似乎還有事情得處理，必須返回事務所。

愛藏和勇次郎有些尷尬地杵在原地。

（就算要我們過來觀摩……）

愛藏將手撫上後腦勺，露出一臉困擾的表情。

「不用這麼緊張沒關係的。放輕鬆吧~」

朝兩人走近的野木小姐微笑著這麼說。

這時，男性工作人員的呼喚聲從門外傳來：「已經準備好了~」

「好啦，深冬、一馬，該出發嘍~」

聽到野木小姐的催促，兩人以悠哉的語氣回應，然後從沙發上起身。

進行從頭到尾的完整排演時，得針對表演曲目的順序、表演方式、音響和照明等聲光設備的效果一一確認，再進行細部調整。愛藏和勇次郎坐在觀眾席上觀摩這樣的過程。

至今，愛藏一直都只有以觀眾的身分參加過演唱會。

不用說，這是他第一次見識到排演現場。而勇次郎想必也是一樣的吧。

在排演結束後，深冬和一馬仍繼續留在舞台上，和彼此討論表演內容的問題。一開始的登場方式，似乎讓他們不太滿意。

兩人嘗試了好幾種不同的做法，每試過一種，就去確認錄下來的影片內容。

（好厲害啊……就連表演的點子，他們都能接二連三想出來嗎……）

而他們每嘗試一種表演方式，燈光效果也會跟著進行調整。

此外，兩人還會跟負責伴奏的樂團成員討論開始奏樂的時間點。

「兩位，不好意思喔～感覺會拖一點時間……」

「他們的排演每次都會這樣嗎？」

看到野木小姐走過來，勇次郎忍不住這麼問。

「舉辦演唱會的時候就會。你們之後也會遇到相同的狀況，所以，關於自己想舉辦什麼樣的演唱會，可以從現在就開始構思喔～」

笑著這麼回應後，野木小姐便離開了。

（我們的演唱會……嗎？）

lesson5
～課程5～

愛藏將視線移回舞台上。

換成他和勇次郎的話，會怎麼做呢？他們會想舉辦什麼樣的演唱會？

倘若要站上這個舞台獻唱的人是他們的話——

想像兩人沐浴在舞台燈光下，揮手向台下觀眾打招呼的光景，愛藏感到雀躍起來。

（對喔，我們總有一天也會辦啊……我們專屬的演唱會！）

他的嘴角不自覺地上揚。

「我想……一開始還是要來個震撼的演出。可以瞬間讓人亢奮起來的那種感覺。」

在昏暗的會場裡，愛藏凝視著被燈光打亮的舞台這麼說。

「我倒覺得不是誇大華麗的效果就好。重點應該在於怎麼安排現場氣氛的走向吧？」

原本只打算自言自語的愛藏，意外地收到了來自一旁座位上的回應。

勇次郎也以極其認真的表情眺望著舞台。

（直到剛才，明明都還把我當空氣……）

「一開始就給人全力暴衝的感覺，才能炒熱現場的氣氛吧～？」

「我的意思是，在這樣的表演之前，要營造出一點緊張感比較好。」

「我不喜歡這種吊人胃口的做法啦。」

愛藏不悅地轉動眼球，瞪著勇次郎這麼反駁。
「沒人在乎你喜歡不喜歡好嗎。」
「這是演唱會表演的常識吧！」
「什麼常識啊。誰決定的？」
「總之，我認為一定要有個爆炸性的開場！關於這點，我可絕對不會讓步喔。」
「喔。那你就一個人爆炸性地登場吧。隨便你想從哪裡登場都行。我可不奉陪。」
「我說啊，把我當成白痴看待，八成就是你人生的意義所在吧？」
「是你自己說想這麼做的啊。」
兩人的爭執聲不知不覺愈變愈大。在他們怒目相視時，突然聽到一陣笑聲傳入耳中。
猛然回神的勇次郎和愛藏望向四周，發現工作人員們全都停下手邊的工作看著他們。
待在舞台上方的深冬和一馬則是掩著嘴，雙肩還不停微微顫抖著。
（嗚哇，都被他們聽到了～～！）
愛藏和勇次郎漲紅著臉垂下頭。
「深冬，我覺得啊～要不要把第一天跟第二天一開始的表演方式調整一下？」
一馬望著愛藏和勇次郎所在的方向這麼提議。

lesson5
～課程5～

「所以，第一天採用你的方案，第二天則是我的方案嗎？」

「沒錯。我們來打賭，看哪天炒熱氣氛的效果比較好吧。輸的人要在慶功宴時請吃壽司。」

「嗚哇，這讓人躍躍欲試耶。」

深冬和一馬一起笑了出來。這兩人或許平時感情就很好吧。

（總覺得有點羨慕呢……）

如果打從一開始，搭檔就是個跟自己很合得來的人，狀況是不是就會進展得更順利了呢？

將視線移向一旁後，勇次郎瞪著他問了句：「幹嘛？」

「你有什麼不滿嗎？」

「我什麼都沒說好嗎。」

「你的表情讓人很不愉快。」

「那還真是抱歉喔。你一輩子都不要望向我這邊吧。」

兩人朝彼此露出不悅的表情，然後各自別過臉去。

（我們果然沒說幾句話就會吵起來呢……）

今後的他們最需要的東西——

想必就是所謂的協調性了吧。

隔天，是一馬和深冬第三張專輯發行的日子。這天，他們一大早就得到各大唱片行舉辦簽名會。愛藏和勇次郎也跟著一同前往。

下午，兩人跟著一行人來到水族館，觀摩他們在那裡舉辦的小型演唱會和脫口秀。

眾多粉絲聚集在水族館的大廳裡。

愛藏和勇次郎待在能俯瞰大廳的二樓走廊一角，眺望一馬和深冬回答主持人提問的光景。

「想請問兩位假日時會一起出門之類的嗎？」

聽到擔任主持人的女主播這麼問，握著麥克風坐在椅子上的兩人望向彼此，以「這個嘛……」開口。

「我們好像還滿常在書店巧遇喔？」

lesson5
～課程 5～

「啊～滿常的。在沒有工作的時候不期而遇，總覺得讓人挺開心的呢。」

看到深冬笑著這麼說，一馬也露出笑容附和：「就是啊～」

「大概就是『喔，好久不見～你過得好嗎～』這樣的感覺？」

聽到這裡，女主播好奇地問道：「咦，但你們不是幾乎每天都會碰面嗎？」

「是這樣沒錯，但要是一天沒見到彼此，就會有種靜不下心來的感覺。」

「沒錯。深冬不在身邊的時候，我會覺得自己好像忘了什麼。」

「我差不多也是這樣呢。一馬不在的時候，我會有種像是『啊！糟糕，我忘記帶錢包了～』的感覺。」

「深冬……我是你的錢包嗎？所以你才會每次都讓我請客？」

「也不是這樣啦。因為你很紳士，都會早早跑去結帳嘛。」

深冬跟一馬的對話，讓全場的氣氛熱絡不已。

「對彼此來說，你們就是這麼親近的存在是嗎～」

女主播笑著這麼幫腔，觀眾們也跟著笑出聲來。

「在外頭巧遇之後，你們會一起做些什麼嗎？」

「嗯……我們有時會一起去吃飯對吧？」

聽到一馬這麼問，「對啊。」深冬點點頭。

「會一起去吃燒肉之類的。」

「通常都是誰先開口邀約呢？」

「嗯……我們不會特別說出口耶，自然而然就一起去吃了。」

「因為我跟一馬要是碰到面，都會先跟對方一起行動再說。」

（宗田哥跟井吹哥的感情果然很好……）

愛藏倚著扶手，以手托腮靜靜聽著兩人的對談。

跟他們一起行動的這兩天，他完全沒有看到那兩人吵架過。

無論是休息時間、或是搭車移動時，他們都會像現在這樣隨意閒聊。

（我完全沒有自己跟那傢伙開心聊天的記憶耶。）

經過一段時間後，他跟勇次郎也會變得默契十足、又能夠互相理解嗎？

愛藏實在很難想像自己跟勇次郎，變得像一馬和深冬那樣有說有笑的畫面。

畢竟他們幾乎每天都會吵架，也經常把彼此當空氣，完全不跟對方說話。

「兩位是在念小學時認識的是嗎？聽說你們同校？」

「我們在學校都是羽球社的社員。」

深冬望向身旁的一馬這麼回答。後者點點頭，然後將麥克風湊近嘴邊。

「我跟深冬組成雙人組一起打球。對吧？」

「之後，我們國中、高中雖然都不同校，但某天很巧地重逢了。」

「我去書店買漫畫的時候看到他，就上前打招呼：『喔！你是深冬吧？』」

兩人以極其自然的語氣將話題延續下去。台下的粉絲看起來也聽得很開心。

「看兩位的感情這麼融洽，想請問你們相處上有什麼祕訣嗎？」

聽到女主播這麼問，深冬和一馬有些吃驚地反問：「「祕訣？」」

「我沒有特別想過這一點耶……因為這就是我們平常相處的模式。」

「嗯……這個嘛～我覺得我們好像常常會對上視線？」

說著，深冬和一馬望向彼此，有些害羞地一起笑了出來。

粉絲們也跟著發出「呀～！」的歡欣尖叫聲。

（那確實是他們真實的模樣呢……）

無論是當著粉絲的面，或是私底下的個人時間，那兩人都是以同樣的態度面對彼此。

那不是勉強裝出來的，而是他們最真實自然的反應。

（跟我們實在差太多了，沒辦法當作參考啊……）

愛藏不禁苦笑。

「只要看眼睛，我們大概就能理解對方當下的想法呢。在表演時也是這樣。」

「因為這樣，我常常能明白『啊！深冬現在正在想這件事』呢。」

「例如要判斷表演時機的時候，對吧？」

「沒錯，就是所謂的眉目傳情吧？」

「為什麼突然迸出一個成語啦，一馬。而且意思感覺不太一樣吧？」

深冬笑著這麼吐嘈。

（要說對上視線的話……）

愛藏若無其事地望向身旁的搭檔，結果被對方以「不准看這邊」的犀利視線回敬。

他有些尷尬地移開視線。

（換成我們……就只會演變成怒目相視而已呢。）

想睡的時候、嫌麻煩的時候，還有心情不好的時候，勇次郎都會明確用自己的態度或表情表現出來。然而，除此以外的時候，愛藏壓根不知道他在想些什麼。難道這也是一種經驗差距嗎？

確定要出道後，他幾乎每天都會接受相關訓練課程，也有在自主練習，但這樣想必還不夠。

今後，希望自己在別人眼中是什麼樣的偶像藝人——關於這點，勇次郎和愛藏或許有必要好好思考。

雖然現在腦中只有模糊的形象——

兩人的脫口秀結束後，接下來就是小型演唱會的時間。深冬和一馬為了做準備而暫時離開現場。

留在台上的女主播，則是開始針對周邊販賣區和簽名會進行說明。

女主播的說明告一段落後，會場周遭的燈光熄滅，只剩下被打亮的舞台。

同時，粉絲們開心的尖叫聲淹沒了這一帶。

在響亮的打拍子聲中，深冬和一馬站上舞台。

不同於脫口秀的休閒氛圍，現在的舞台瀰漫著一股緊張。在這樣的氣氛之下，樂團演奏聲揭開了演唱會的序幕。

（他們……果然很厲害啊……）

跟自己之前看過的演唱會一樣。兩人默契十足的舞蹈表演，讓人看得目不轉睛。熱度瞬間籠罩了整個會場。

就連二樓走道，都擠滿了想一睹他們風采的觀眾。

愛藏不自覺地緊緊握拳。

那兩人跟現在的自己和勇次郎，完全是不同等級的存在。他覺得自己被迫認清了這樣的事實。

（我們總有一天也會……）

一度湧現這種想法的愛藏，最後又以「不對」輕聲予以否定。不是總有一天，而是現在就必須這麼做。

周遭的人不可能耐心靜待他和勇次郎慢慢成長。他們的時間相當有限。

觀眾渴望看到的，就是這種水準的演出。「我們做不到」這種撒嬌的說法可不管用。

要是沒有實力，無論懷抱著什麼樣的雄心大志，恐怕都沒有半點意義。

那等於只是在作白日夢、或是妄想罷了。

必須將這些化為現實——

lesson5
～課程５～

愛藏緊握著扶手，以極其認真的眼神望向舞台。

一旁的勇次郎想必也在思考相同的事情吧。

只有這一點，愛藏覺得自己似乎可以斷言。

「愛藏、勇次郎。」

在等待活動結束時，野木小姐呼喚兩人的聲音傳來。

現在，粉絲們都已經離開現場，大廳裡頭只剩下相關工作人員。

早一步返回休息室的一馬和深冬，現在應該在換衣服吧。

「辛苦了～！你們今天可以先離開嘍。我大概三十分鐘後送你們回去。」

愛藏和勇次郎交換了視線。接下來，一馬跟深冬應該還有其他工作要做。

「這段期間，你們就休息一下吧。也可以去水族館逛逛。等時間到了，再回到這裡集合。」

三

（休息啊……）

目送野木小姐的背影離去後，愛藏轉頭詢問：「嗳，接下來要做什麼？」

然而，原本應該站在自己身旁的勇次郎，現在卻不見人影。

愛藏朝四周張望，發現他正快步走向水族館的入場處。

「啊！喂，等一下啦……」

愛藏慌慌張張追了上去。

「學生票一張。」

「兩張！」

愛藏趕到正在買票的勇次郎身邊，探過頭這麼開口。

勇次郎對燦笑的他投以沒好氣的眼神。

「……你幹嘛跟過來？」

lesson 5
～課程 5～

「有什麼關係嘛～難得有這個機會。」
付錢之後，兩人便拿著入場券踏進裡頭。
淺藍色的燈光打亮了展示在走道旁的水槽。
水母在裡頭自在地緩緩游著。不同品種的水母，分別被飼養在不同的水槽裡，一旁也有對應的文字說明可以參考。
（不過……還真令人意外耶。）
他若無其事地朝勇次郎望去。後者在水槽前方停下腳步，正掏出手機在拍照。
愛藏將交握的雙手抵上後腦勺，走在跟勇次郎有一段距離的後方。
移動到下一個展區後，他們看到大量的沙丁魚群在圓柱狀的水槽裡打轉。
聚集在這個巨大水槽外圍的孩子們，不斷發出興奮的嗓音。
「你喜歡這種地方嗎～？」
將臉貼近水槽觀看的同時，愛藏試著開口詢問。
「……有什麼關係啊。」
以冷淡語氣這麼回應後，勇次郎隨即邁步走向下一個展區。

（所以是喜歡吧……）

既然喜歡，他可以擺出更開心一點的表情啊。果然是個難懂的傢伙。

「等一下啦。你為什麼老是這麼我行我素啊？」

嘆了一口氣之後，愛藏追了上去。

「我才想問你幹嘛一直跟著我？你很不甘寂寞啊？」

勇次郎一邊拍照，一邊走進模仿海底隧道設計的展區。

看著海龜和魚群從頭頂上方游過的身影，會讓人有種在海底漫步的感覺。

「這麼說來……我或許很久沒來過水族館了。」

愛藏在半路停下腳步，眺望著水槽這麼輕喃。

跟家人一同前來，已經是很久很久以前的事情了。跟父母、還有哥哥一起——

想起自己因為興奮過頭而跌倒，還因此嚎啕大哭的過去，愛藏微微瞇起雙眼。

「……你呢？」

他望向勇次郎，後者沒有說話，只是將指尖輕輕貼在水槽玻璃上。

他的眼神看起來彷彿也在回憶過去。

（他有什麼跟水族館相關的回憶嗎……）

lesson5
～課程５～

將視線拉回水槽上，一隻巨大的鯊魚從愛藏眼前游過。

「喔！是鯊魚……好酷！」

在愛藏盯著鯊魚瞧時，勇次郎將輕觸水槽的手收回，再次踏出腳步。

「偶爾來這種地方也挺不錯的呢。」

愛藏試著朝勇次郎搭話，但後者仍一如往常地沒有半點反應。

前進片刻後，勇次郎停下腳步，將手機鏡頭對準水槽裡的海龜。

「喂，你到底有沒有在聽我說話啦～？」

愛藏探過頭這麼問的時候，勇次郎突然喀嚓一聲按下快門。

前者慌慌張張地往後退了幾步，然後板起臉孔。

「嚇我一跳，你幹嘛隨便亂拍啦！」

「是你自己要闖進我的拍照範圍裡啊。」

以手機確認拍下來的照片後，勇次郎發出「噗！」一聲像是在忍笑。

他八成拍到了愛藏滑稽的表情吧。

（……真是個我行我素的傢伙。）

愛藏將手撫上後腦勺嘆了口氣。

走出海底隧道後，眼前是有好幾個小型水槽並排的大廳。

寫著「觸摸互動體驗區」的展區，周遭聚集了大量遊客。

「那邊是在做什麼的啊……」

勇次郎看起來也很在意。於是兩人改變前進方向，朝人群所在處靠近。

「牠們非～常可愛喲！」

女性工作人員站在一個偏淺的水槽後方這麼宣傳。

一起探頭望向水槽內部後，勇次郎和愛藏臉上的表情瞬間僵住。在裡頭緩緩蠕動的，是外型看起來像星星的海星。

兩人原本打算掉頭就走，但下一刻，他們卻被一群蜂擁而上的幼兒園孩童團團包圍住，變得無法動彈。

「你要摸摸看嗎～？」

看到女性工作人員帶著滿面笑容這麼問，愛藏吃驚地「咦！」了一聲，然後朝四周張望。

抬頭仰望兩人的幼兒園孩童們，眼睛全都因期待而閃閃發光。

lesson5

～課程５～

眼看是逃不掉了。愛藏和勇次郎尷尬地交換了視線。

「你……要摸嗎？」

「你先挑戰看看啊。」

「不……這種東西……我有點……」

愛藏支支吾吾地回應，視線也在半空中到處游移。

「沒問題的～！海星既不會咬人、也不會刺人喔！」

聽到女性工作人員這麼說，兩人再次將視線移回水槽裡。

（就算妳這麼說………）

「那邊的大哥哥好像要摸海星喔～」

後方傳來負責帶領這群幼兒園孩童的老師的聲音。

「哇～！好厲害喔～！」

「加油～！」

看到這群孩子以天真無邪的笑容為自己加油打氣，愛藏也只好認命。要是拒絕後逃跑，孩子們恐怕會相當失望。更何況，他實在不想讓人以為自己害怕海星。

「我知道了啦！那我們數到三就一起摸喔。」

聽到愛藏的提議，勇次郎點頭以「好」回應。

「那……我要數嘍。」

兩人神情緊繃地分別朝水槽緩緩伸出一隻手。他們的視線在一瞬間交會。

「「一、二、三！」」

數到三的時候，愛藏用力將手探進水中。

「我……我成功了——！」

雙眼仍緊緊閉上的他，隨即將手從水槽裡抽出。

望向一旁時，他才發現勇次郎不知何時不見人影。

他似乎早就從水槽前退開，然後迅速逃離被孩童包圍的現場。

「啊！」愛藏驚叫出聲。

「等……你這……竟然自己逃掉…………！」

「哇～！好厲害～！」

「大哥哥，你好了不起喔～！」

身旁的幼兒園孩童們紛紛對愛藏投以尊敬的目光，甚至還為他送上掌聲。

手上仍抓著海星的愛藏不禁露出苦笑。

他匆匆將海星放回水槽裡，然後離開現場。

看到搭檔一邊看手機一邊忍笑的背影，他以「喂！」開口呼喚。

勇次郎若無其事地將手機放進口袋裡，然後轉過身來。

他臉上雖然是一如往常的平淡表情，但嘴角看起來微微上揚。

「有機會摸到海星，真是太好了呢。」

「一點都不好啦！」

「原來你會怕海星啊……！」

勇次郎以手掩嘴發出「噗！」的笑聲。

「你絕對打從一開始就想要我吧？是這樣沒錯吧！」

「因為我沒想到你真的會伸手去抓啊。能讓那群孩子看得開心，這樣不是很好嗎？」

圍繞在水槽四周的幼兒園孩童們開心的嬉鬧聲傳來。

有機會摸到真的海星，似乎讓他們亢奮不已。

「是這樣沒錯啦……」

愛藏以一隻手揚起瀏海，臉上仍是不太能接受的表情。

繼續往前走的勇次郎，因為這件事又笑了好一陣子。

幾隻企鵝跟在工作人員身旁，搖搖晃晃地在水族館裡散步。

脖子上繫著緞帶的牠們，有時會停下腳步，仰頭觀察一旁的水槽。

坐在沙發上眺望著這片光景的勇次郎，嘴角泛著微微的笑意。

（他看起來很開心呢……………）

愛藏默默觀察這樣的勇次郎時，後者突然猛地從沙發上起身。

「嗯？你怎麼了……」

「猜拳大會即將開始嘍～！」

愛藏朝人聲傳來的方向望去，發現遠處有個手持「猜拳大賽」看板的工作人員，還有幾名工作人員忙著整理擺放獎品的台座。寫著「頭獎」兩個字的台座上，放著一隻特大的皇帝企鵝絨毛玩偶。

待在附近的孩子們發出「哇～！」的歡呼聲，一起跑向活動舉辦的地點。

看到勇次郎快步朝那裡走去，愛藏也慌慌張張從沙發上起身。

lesson5
～課程５～

來到人群後方排隊的勇次郎，一雙眼睛直直盯著頭獎的玩偶。

從雙手握拳的模樣看來，他想必打算參加這場猜拳大賽。

（我就免了吧……）

雖然這麼想，但前方的工作人員已經開始廣播，感覺現在離開也不太好。

「那麼，現在開始跟大家說明比賽規則～！」

戴著頭戴式麥克風的女性工作人員滿面笑容地開口。

方才在館內散步的那些企鵝，現在也全都聚集在小小的舞台上。

所有參賽者先跟女性工作人員猜拳，贏的人留下來，再繼續跟彼此猜拳。

一路贏到最後的人，就能把頭獎抱回家，是很簡單明瞭的規則。

說明結束後，第一回合的猜拳馬上接著開始。

「剪刀——石頭——布——！」

在女性工作人員的一聲令下，參賽者一起伸出猜拳的那隻手。

（呃……咦…………？）

第五回合戰結束後，愛藏不禁環顧周遭。

幾乎所有參賽者都已經退到後方，只剩他跟另一名男子對峙著。

「加油吧，兩位小哥～那麼，要開始嘍～！」

說著，女性工作人員喊出「剪刀、石頭、布——！」的口號。

愛藏出了拳頭後，在周遭觀戰的人們一起發出歡呼聲。

跟愛藏一起倖存到最後的男子，在一旁沮喪地將雙手撐在雙腿上。

「哇～！冠軍出現了！非常恭喜你！」

熱烈的掌聲在周遭響起。這些似乎都是獻給自己的祝賀。

愛藏就這樣被拉上舞台，從女性工作人員手中接下繫著緞帶的皇帝企鵝絨毛玩偶。

接受短暫的訪問後，愛藏抱著皇帝企鵝的絨毛玩偶走下舞台，回到勇次郎所在處。

「時間差不多了，我們回去吧。」

愛藏望向自己的手錶，發現距離集合時間還有五分鐘。

前往水族館出口的這段路上，勇次郎一直緊盯著愛藏懷裡那隻皇帝企鵝的絨毛玩偶。

他的視線讓愛藏感到渾身不自在。

lesson5
～課程５～

在第二回合的猜拳就落敗下來的勇次郎，沮喪地垂下雙肩走在後方。

「我知道了……我知道了啦。」

愛藏說了一句：「拿去吧……」然後把皇帝企鵝的絨毛玩偶遞給勇次郎。

下個瞬間，勇次郎的表情很罕見地變得開朗起來。

（是無所謂啦……）

愛藏並沒有特別想要那隻絨毛玩偶。就算帶回家了，也只會因為不知道該把它放在哪裡而傷腦筋。

他平常的猜拳運並不好，但今天不知為何，幸運女神似乎很眷顧他。

「那這個給你。」

勇次郎從口袋裡掏出一個東西遞給愛藏。

那是活動安慰獎的海星鑰匙圈。無論是外觀或觸感都相當逼真的這個鑰匙圈，讓收下它的愛藏表情變得有些僵硬。

「為什麼偏偏是海星啦……」

「你不是很喜歡這種的嗎？」

「你對我的認知絕對有很嚴重的錯誤。」

勇次郎將臉埋進皇帝企鵝的絨毛玩偶裡，發出「噗噗噗！」的笑聲。

（這傢伙真的很喜歡調侃別人耶……）

愛藏盯著手裡的海星鑰匙圈嘆了口氣，然後將它塞進褲子口袋裡。

他們倆不像一馬和深冬那樣，是因為個性很合得來，才會一起組成雙人團體。

相反的，勇次郎和愛藏之間總是爭執不斷。因為不知道怎麼配合彼此，他們一直在嘗試，然後從錯誤之中學習。

雖然也會看對方不順眼，還時常發生衝突——

不過，應該還不到完完全全合不來的程度吧。

他們有屬於他們的步調和做法。

兩人並沒有停下腳步。他們理應有一點一滴地前進著。

（或許不會有問題呢……）

愛藏臉上浮現柔和的笑意。

lesson5
～課程 5～

隔天傍晚，愛藏和勇次郎在一旁觀摩一馬和深冬上舞蹈課。

一馬和深冬陸陸續續思考出新的舞步，慢慢將其編織成一整段的舞蹈。

舞蹈老師只是帶著樂在其中的表情看著他們練習。有時會提出建議，但基本上不太介入兩人的討論。

（他們兩個……水準果然超級高啊……！）

儘管幾乎沒有去看彼此的動作，他們的舞姿卻相當整齊劃一。

（我也做得到嗎……）

愛藏試著邊觀察他們的舞步邊在一旁模仿，卻因為想不起下一個動作而停下腳步。

「接下來是這樣吧。」

身旁的勇次郎替他示範了舞步。

「啊！原來如此……」

（他還是老樣子，學習新東西的速度超快呢……）

接著，愛藏嘗試配合曲子踏出舞步。發現自己意外能跟上節奏後，他跟勇次郎交換了眼神，然後一起跨出一大步。

目前練習的這首歌曲，有著十分輕快的節奏。如果能跟上的話，會是一首跳起來很開心的曲子。

（這首曲子超級帥氣的！）

這是收錄在一馬和深冬接下來即將推出的專輯裡頭的曲子。

最後一個完美的轉身後，勇次郎和愛藏望向彼此，一起展露了笑容。

不知從什麼時候開始，一旁的一馬和深冬開始雙手抱胸眺望兩人的舞姿。

舞蹈老師也吃驚得圓瞪雙眼。

（嗚哇，糟糕！）

雖說兩人只是在教室後方跳，但還是可能影響到一馬和深冬的練習。

愛藏和勇次郎連忙停下動作，在原地挺直背脊站好。

「──非常抱歉……！」

然後朝前輩們深深鞠躬道歉。

「……你們也試著跳跳看吧？」

聽到一馬這麼說，愛藏抬起頭吃驚地喊了一聲：「咦！」

「不……可是，我們沒有辦法跳得很整齊呢。」

愛藏帶著一臉尷尬的表情這麼回應，然後轉動眼球望向勇次郎，以「對吧？」徵詢他的意見。

就算現在跳舞給兩位前輩看，感覺也只會鬧笑話而已。

「會嗎？我覺得你們剛才的動作配合得很好耶。」

深冬以手抵著下頷，歪過頭這麼表示。

被他這麼一說，愛藏也覺得自己剛才的動作，似乎比以往都要來得靈活。

「那麼，從頭開始跳吧？」

在一馬的催促下，兩人只好帶著困惑的表情走上前。

「要開始嘍。」

舞蹈老師從頭開始播放剛才那首曲子。

一馬和深冬以看似期待的表情望向勇次郎和愛藏。或許是想見識一下他們的實力吧。

（只能硬著頭皮上了嗎……？）

愛藏若無其事地將視線移向身旁，發現勇次郎看起來一如往常的冷靜。

察覺到愛藏的視線後，他露出一個看似自信滿滿的笑容。

（這個不服輸的傢伙……）

嘴角跟著上揚的愛藏，將緊張的雙手輕輕握拳。

（在這方面……我們說不定很相似呢。）

「一、二……！」

待前奏結束，兩人同時露出認真的表情，踏出第一個舞步。

重複跳了兩三次後，差不多記住了所有的舞步，也習慣了每一個動作。每次跳的時候，一馬和深冬都會從旁細細給予建議。

跳完第四次之後，愛藏和勇次郎已經滿身大汗地不停喘氣。

（……好吃力………！）

舉辦演唱會的話，有時得表演將近二十首的歌曲。想站上舞台，就必須記住每一首歌、以及相對應的舞步。雖說途中也會有短暫的主持人閒聊時間、或是換衣服的時間，但想必沒有空檔能夠休息。

這需要相當的體力。就連對體力很有自信的愛藏，要跟上深冬和一馬的動作都已經竭盡全力了，對勇次郎來說，這樣的舞蹈想必更加吃力。他抬頭仰望天花板，重重吐出一口氣。

（不過，我們今天應該配合得不錯……吧？）

雖然跳得不如一馬和深冬那麼完美，他和勇次郎有確實抓到每個動作的時間點，也有跟上節奏。在模仿一馬和深冬的動作時，愛藏覺得他們似乎也掌握到了配合彼此的訣竅。

對上視線後，兩人自然而然流露出笑容，伸出手和對方擊掌。

課程結束後，步出舞蹈教室時，已是夕陽西下的時分。

「「感謝前輩們這幾天的照顧！」」

兩人朝著一馬和深冬深深一鞠躬。

「啊！對喔，你們的觀摩行程是到今天結束？」

「是的。我們真的學到了很多！」

愛藏抬起頭這麼回答。

「我覺得你們是很不錯的雙人組合喔。」

聽到這句令人意外的發言，愛藏和勇次郎猛地望向彼此，然後同時垮下臉開口說道：

「「哪裡不錯了？」」

「就是這種地方不錯啊。」

深冬笑著回答。在一旁笑得雙肩不停顫抖的一馬，則是以手掩著嘴表示：「你們超好玩的耶。」

聽到這樣的稱讚，雖然也不是不開心，但總讓人心情有些複雜。

「辛苦嘍。」

一馬和深冬帶著樂不可支的表情，先行走下了大樓的階梯。

「我們之後『再見吧』。」

燦笑著這麼說之後，一馬便坐上野木小姐駕駛的轎車。

深冬也在他之後上車，然後關上轎車的車門。

愛藏和勇次郎目送他們搭乘的那輛車駛離，直到車子在十字路口拐彎，從兩人的視野中消失為止。

「希望跟他們下次見面的時候，是在舞台上呢……」

「我覺得他們也是這麼想的喔。」

語畢，勇次郎帶著笑容緩緩走下階梯。

（也是呢……）

果然那兩人是專業級的。跟自己當初參加甄選會時的競爭對手完全不同。

lesson5

～課程 5～

在舞蹈課結束後，他們又繼續練習超過一小時的時間。從旁認真指導自己，或許可以算是他們送給業界新人的祝賀禮吧。

「真想趕快上舞蹈課。」

「不是剛剛才上完嗎？」

「我是說我們的舞蹈課啦。」

聽到愛藏這麼說，勇次郎停下腳步轉頭望向他。

沉思片刻後，他輕聲回應：「說得也是……」

這三天以來，為了觀摩一馬和深冬的工作現場，他們一直和這兩人同行，所以無法去上舞蹈課。

愛藏有種靜不下心，一直很想活動身體的感覺。剛才明明練了那麼久的舞，他卻還是覺得不夠。

（下次的舞蹈課是後天啊……）

他抬頭仰望夜空，然後以「噯……」朝勇次郎搭話。

「你接下來有空嗎？」

將一隻手插進口袋裡，愛藏露齒燦笑這麼問道。

上舞蹈課的這天，愛藏和勇次郎看著正前方的全身鏡，隨著樂曲起舞。

「好，ＯＫ～！」

曲子結束後，老師拍了拍掌心這麼說。

兩人停下來喘氣，以衣袖拭去汗水。

「轉過來面對面的部分，如果先背對背一次再轉身，感覺會不會比較好？」

「要試試看嗎？」

在沒有配樂的情況下，兩人反覆跟彼此確認動作和一連串的順序，替老師構思出來的舞步加入變化。

「感覺好像不錯喔。就照這樣從頭再跳一次試試吧。」

聽到老師這麼說，兩人點點頭以「是！」回應。

跳完一整首曲子後，兩人一起確認老師替他們拍下來的練習影片，然後吃驚地發現他

們的動作比想像中更加整齊一致。跟上次的練習比起來，可說是進步了一大截。

「你們倆是怎麼了呀……突然進步了好多呢。」

老師也相當吃驚。

愛藏和勇次郎在一瞬間交換了眼神。

前兩天，兩人一直在公園裡頭特訓。反覆練習舞步，然後確認拍下來的影片，再修正自己的動作。他們重複了這樣的流程好幾次。透過再三練習，縮小彼此之間的動作差距，用自己的身體記住最完美的跳法。

深冬和一馬也是如此。記住舞步之後，就只能靠自己和對方慢慢磨合動作。

無論是愛藏還是勇次郎，一開始腦中恐怕都只想著該如何配合對方的動作吧。

儘管滿腦子都是這樣的想法，進展卻不如想像中順利，他們也因此變得焦躁不耐，甚至忘了最基本的事情。

感覺是深冬和一馬點醒了他們。

愛藏和勇次郎以毛巾遮掩住上揚的嘴角，然後各自別過臉去。

（我們或許稍微前進了呢……）

一起走下去吧，

lesson6 ～課程6～

永遠帶著笑容。

×lesson 6 ～課程6～

一

隔天，愛藏和勇次郎來到事務所之後，經紀人內田已經在裡頭等著他們。

待兩人在沙發上坐下，經紀人內田開始道出今天的正題。

「因為有不少地方必須進行調整，所以晚了一點，不過……今天是要跟你們報告出道曲已經決定一事，還有今後的各種活動排程……」

接下活動排程書面說明的兩人吃驚地「「咦！」」了一聲。

「「出道曲！」」

他們異口同聲地這麼驚叫。每天持續接受訓練課程的兩人，心裡總是掛念著出道曲何時才會完成一事。

他們一直引頸期盼著專屬於兩人的出道曲定案。

「負責製作、提供歌曲的是HoneyWorks。至於曲名——」
說著，經紀人內田從檔案夾裡取出另一張寫著歌詞的紙張。
將它亮在兩人面前後，她以充滿自信的笑容開口：
「就是這個……！」

——羅密歐。

lesson6
～課程6～

離開事務所後，愛藏和勇次郎選擇直奔樂器行。
兩人衝上室外階梯，準備進入練習室時，森田先生剛好打開大門走了出來。
「你們倆今天一起來啊。怎麼啦～？這樣匆匆忙忙的。」
「我們接下來要練習！」
愛藏露出燦笑回答，然後走進室內。勇次郎則是以「打擾了」向森田先生點頭致意後，跟在愛藏的身後入內。

「聽起來不錯嘛。但你們可別吵架喔。」

笑著對兩人這麼說之後，森田先生便走下階梯返回樂器行。

兩人脫下鞋子，三步併兩步地朝位於後方的練習室奔去。

從擱在地上的包包裡拿出歌詞和樂譜後，他們隨即朝鋼琴靠近。

勇次郎在鋼琴前坐下，掀開琴鍵外蓋，將樂譜擺在上頭。

稍微彈了幾下後，他的臉上浮現「咦？」的疑惑表情。

「有調律過呢……」

「應該是森田先生弄的吧。自從你也會來這裡之後，他好像就時常會幫這台鋼琴調律。」

他剛才會從這裡走出去，或許也是因為這個原因。不知道是不是錯覺，輕聲以「噢，原來是這樣……」回應的勇次郎，語氣中似乎透露出欣喜之情。

「一開始是你先唱嘛。」

愛藏盯著樂譜，開始哼唱自己負責的部分。上頭已經分配好兩人各自負責的地方。

「總之，我先從頭彈一次看看吧？」

聽到勇次郎這麼說，站在鋼琴旁的愛藏點頭表示：「也對。」

勇次郎將腳放上鋼琴踏板，端正自己的坐姿後，將手指撫上琴鍵。

這可是第一首專屬於他們的歌曲，沒有讓人不興奮的道理。勇次郎應該也是這麼想的。

勇次郎開始演奏後，愛藏盯著手上的樂譜，不自覺地開始用腳打拍子。

鋼琴輕快的旋律聽來十分悅耳。

來這裡之前，在事務所聽了Ｄｅｍｏ版的他們，受到了相當大的震撼。

他們一直都在想像，自己的出道曲會是一首什麼樣的歌曲。

最後，交到他們手上的這首曲子，有著兩人未曾想像過的曲風，以及世界觀出乎意料的歌詞。

羅密歐——

令大多數人憧憬不已的理想中的王子。

和兩人的形象完全相反，宛如在下戰帖的一首曲子。

彷彿是在暗示「羅密歐」就是他們今後的目標。

就算兩人以目前這種狀態出道，也無法輕易讓人們湧現「這兩人很不錯」的評價。

從頭到尾彈過一次後，勇次郎緩緩將手從琴鍵上收回。演奏的餘韻仍迴盪在整個房間裡。

「我們……真的能好好詮釋這首歌嗎？」

像這樣重新聽過一次後，愛藏有些不安地開口。

他從不曾像在歌詞中登場的王子那樣，道出如此溫柔甜美的台詞。

也從來沒對誰表現過這樣的態度。

看到愛藏盯著樂譜沉思的表情，勇次郎的嘴角揚起自信又強勢的笑容。

「只能盡全力去做了吧？」

「也是喔……」

看著勇次郎那雙因為樂在其中而閃閃發光的眸子，愛藏也不自覺地露出笑容回應。

——是你們的話，一定做得到吧？

lesson6
～課程6～

彷彿有人在耳邊這麼對他們說。

通過甄選會後，事務所安排勇次郎和愛藏以雙人團體的形式出道，並為他們取了「LIP×LIP」這樣的團體名稱。

然而，關於自己想成為什麼樣的偶像、又想塑造出什麼樣的形象，兩人心中都沒有一個具體的概念。

現在，他們覺得自己今後的形象，彷彿一下子變得鮮明起來。

這是揣摩兩人的形象，為他們打造出未來的一首歌曲——

「『要當的話，就要當全世界最棒的王子！』」

兩人一起說出這句台詞，然後又一起噗嗤笑出聲。

「有夠不適合的……」

「你的確很不適合。」

「你也不適合好嗎。」

稍微鬥嘴過後，愛藏再次望向手中的樂譜。

「這首歌要用什麼樣的感覺來唱比較好啊？」

「這個嘛……帥氣的感覺？畢竟是王子啊。」

勇次郎微微偏過頭回應。

西之國的王子和東之國的王子，一起來到某個王國的公主身邊迎接她。

這首歌大概是在敘述這樣一個故事。

西之國王子的歌詞由勇次郎負責，東之國王子的歌詞由愛藏負責。

「不然，先從頭唱一次試試？」

「是無所謂啦，但你嘗試新的東西時，都很容易出錯吧？」

被戳到痛處的愛藏默默將視線移向一旁。

勇次郎偷偷笑了幾聲，再次將手指按上琴鍵。

「那就從頭開始吧。」

在勇次郎的伴奏下，愛藏站在一旁練習唱自己負責的部分。

開始練習後，大概已經過了一小時左右的時間。

「你幹嘛用這種刻意裝帥的唱法啊？」

「呃，因為……這樣比較有王子的感覺吧？」

勇次郎能夠順暢又自然地唱完自己那部分，但愛藏的唱腔不太穩定，有時會有種裝模作樣的感覺。

「明明是板著一張臉在唱……！」

或許是再也忍不住了吧，勇次郎停下演奏笑了出來。

（明明平常老是擺出愛理不理的一張臉……）

一旦被戳到笑穴，勇次郎很容易笑到停不下來。愛藏最近發現這是他的特徵之一。

「我認真起來的時候，就會是這樣的表情啦。」

「這次來試試輕鬆一點的感覺吧。」

說著，勇次郎改變了伴奏的步調和節奏，愛藏也配合他這樣的彈法，以活潑輕快的感覺練唱。

「這是打哪個國家來的王子啦。形象完全不符合嘛！」

「不然，換成沉穩內斂一點的感覺試試看？」

聽著勇次郎加入變化的鋼琴演奏，愛藏配合旋律，以丹田的力量唱出降Key版本。

lesson6
～課程6～

「為什麼變成歌劇風了啦！」

「…………！」

將手擱在琴鍵上的勇次郎垂下頭，雙肩也不停顫抖。

愛藏「喂！」了一聲，以手刀輕輕劈砍他的腦袋。

「你是在整我而已吧？而且，從剛剛開始，一直都是我在唱耶。」

「一開始還是要多嘗試各種不同的唱法比較妥當吧？」

「你的主張聽起來很正確，但是想鬧我的意圖太明顯嘍。」

「接下來試試搖滾風吧。」

「不要強人所難啦！」

愛藏和勇次郎就這樣一起練習了三小時以上。

結束後，兩人衝出練習室，像是在互相較量那樣跑下室外階梯。

「你都沒在聽鋼琴的音階，所以才會唱走音吧！」

「還不是因為你一直嘗試奇怪的彈法，我才會搞混啊！」

「而且你唱到某些部分的時候老愛裝帥。用普通一點的唱腔去唱好嗎。」

「我用很普通的唱腔在唱啊。再說，我唱歌本來就是這樣！」

「上發聲訓練課的時候，我不記得你是這樣唱的耶。你絕對只是想讓自己引人注目而已吧？」

「你的唱腔還不是像個自戀狂似的。」

「什麼跟什麼啊。你是在說你自己嗎？」

看到兩人一邊爭執一邊踏入樂器行，待在櫃台後方的森田先生不禁圓瞪雙眼。

「你們又開始啦。這次是為什麼吵架？」

「我絕對不會再跟你一起練習！」

「隨便你啦！」

怒目相視後，兩人氣沖沖地各自別過臉去。

「我買了炒麵回來喔。你們要吃嗎？」

說著，森田先生從袋子裡取出盒裝炒麵。

這天，商店街從一大早就舉辦了祭典，他大概是從活動攤位上買回來的吧。

炒麵醬汁的誘人香氣，讓兩人猛地轉過頭來。

「「要！」」

愛藏和勇次郎以仍帶著火藥味的語氣這麼回應。

森田先生笑了幾聲，伸出手輕敲擺出一張臭臉的兩人腦袋。

二

這天的數學課，愛藏一邊偷看藏在課本底下的樂譜，一邊以自動筆的筆尖輕輕打拍子。他在腦中將已經反覆播放了好幾次的那首歌再次重播。

身旁的同學們以一臉乏味的表情聽著老師講課。

這是今天的最後一堂課了，所以大家都顯得心不在焉。

站在講台上的老師一邊解說，一邊將數學公式寫在黑板上。

（間奏的獨白，果然還是要動感一點比較好吧？）

愛藏這麼想著，然後將備忘寫在樂譜的一角。

前幾天上發聲訓練課時，老師稱讚他的嗓音愈來愈穩定了。

（感覺慢慢有個樣子了呢……）

除了訓練課程以外，只要有空閒時間，他幾乎每天都會跟勇次郎一起窩在樂器行的練習室練唱。

他們已經確實掌握到整首歌的感覺。

下星期就要正式錄唱了。這是愛藏第一次體驗在錄音室裡頭錄音。

（我們LIP×LIP的出道曲……「羅密歐」。）

愛藏以手托腮，將視線移往窗外。

一年前，自己身處的那個世界不但極度狹窄、也無趣透頂。

坐在教室課桌前的他，總是望著窗外，思考該怎麼做，才能從這樣的世界裡溜出去。

不知道怎麼逃離這個世界的他，面對令人束手無策的現實，內心的煩悶和焦躁日益膨脹。自己究竟想做些什麼、又該做些什麼——他一直渴望得到這個問題的答案。

不過，現在——

lesson6
～課程6～

「柴崎……柴崎，你有在聽課嗎？」

聽到這樣的呼喚聲，猛然回神的愛藏趕緊望向前方。

數學老師正帶著一臉「你在做什麼啊」這般沒好氣的表情望向他。

「啊，對不起！」

他下意識地拿起課本起立。

「那麼，就請你順便解答這一題吧。」

老師露出壞心眼的笑容，以粉筆指著黑板上的數學題這麼說。

在同學們的笑聲包圍下，愛藏以手扶額輕聲哀嚎：「搞砸了啊……」

放學路上，愛藏一邊哼歌，一邊從橋上走過。

他在途中停下腳步，望向因反射夕陽餘暉而閃閃發亮的河面。

他將兩隻手靠上欄杆，仰望被染成一片橘紅的天空。

（既然出道曲已經確定了……之後應該也會發行ＣＤ吧？）

總有一天，也會舉辦演唱會吧。試著想像兩人在觀眾注目下站上舞台的身影後，愛藏的嘴角不禁上揚。

現在，想做的事情、想實現的目標不停增加。不管有多少時間都不夠用。

他有種想要竭盡全力奔跑的衝動。

「拚啦——————！」

舉高握拳的雙手這麼吶喊後，一個「噗！」的輕笑聲傳入愛藏耳中。

以手掩嘴的勇次郎從一旁走過。

「嗚哇！你為什麼會在這裡啊？」

「我剛從學校離開啊。是說，你在喊個什麼勁啦？很羞恥耶。」

勇次郎停下腳步，臉上也浮現壞心眼的笑容。

愛藏以「有什麼關係啊……」回應他，將略微泛紅的臉轉向一旁。

「哦……嗯，是無所謂啦。反正你也不是第一天這麼奇怪了。」

看到勇次郎快步往前走，「噯！」愛藏喚住他。

兩人就讀的學校不同，回家的方向也不一樣。

所以，他會走這條路，想必是因為打算前往樂器行吧。

lesson6
～課程６～

「練習一下再回去吧！」

愛藏追上勇次郎的腳步，燦笑著朝他的背重重拍了一下。

勇次郎喊了一聲：「好痛！」然後轉動眼球瞪著他。

「是可以啦，不過……你走音幾次，之後就要請客幾次喔。」

「這完全是只對我不利的規定耶！」

兩人一邊鬥嘴，一邊像是要和對方較勁那樣開始衝刺。

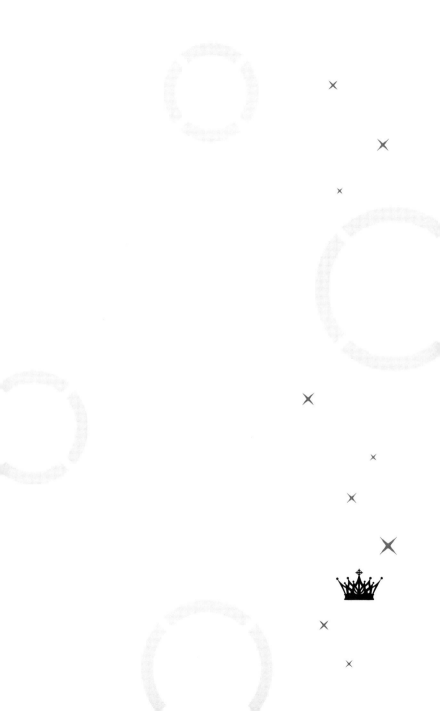

要是妳做了可怕的夢，
在早晨來臨之前，

lesson 7 ～課程7～

我都會將妳緊擁入懷，
陪在妳身邊。

× lesson 7 ～課程7～

一

這個假日，在太陽下山後牽著狗外出散步的勇次郎，在廣場外頭停下腳步。

吉他的演奏聲，以及用手打拍子的聲音傳入耳中。

原本以為是街頭藝人在表演，轉頭仔細一看，發現在彈吉他的人是愛藏。

（那傢伙……在幹嘛啊？）

他跟一名彈貝斯的男子看起來很開心地合奏著。

他們周遭也聚集了一些人群，看起來氣氛相當熱鬧。

朝車站走去的行人，也紛紛被這樣的音色吸引而駐足。

「愛藏，你愈彈愈好了嘛！」

「那當然嘍，我可是每天都在練習耶！」

lesson7
～課程 7～

彈貝斯的男子伸出手，用力亂揉愛藏的頭髮。

「你來我們的樂團吧。」

「對啊對啊，我們之後要辦演唱會喔～」

「咦！呃……我已經預計要跟其他搭檔組團了。」

「是學校認識的人嗎～？跟我們一起組團，絕對會比較好玩啦！」

「你們願意邀我入團，我真的很開心啦，但是……」

愛藏將吉他還給男子，露出有些困擾的笑容。

在勇次郎腳邊乖巧坐下的狗，一邊發出像是催促的嗚叫聲，一邊不停搖尾巴。牠注視著勇次郎的一雙圓滾滾大眼，看起來像是在問：「你不過去找他嗎？」

勇次郎稍稍將手中的牽繩重新握緊。

無論面對誰，愛藏都有辦法馬上跟對方混熟。

他跟事務所的工作人員也是這種感覺。有愛藏在的地方，他周遭的人就會跟著變得開朗。

或許有一部分的原因，是來自愛藏不怕生的個性；不過，雖然看上去那種樣子，但他其實是個很貼心的人。

（跟我不一樣呢……）

勇次郎明白自己並不是好相處的人。也不覺得自己的個性很好。

總是忍不住說出帶刺的發言，只要感到煩躁不快，就會馬上表現在臉上。

因為這樣，他過去經常與人起衝突。

之後，覺得一切都麻煩透頂，他開始選擇以笑容來應付他人。

只要面帶笑容地聊一些安全牌的話題，就不會讓他人感到不愉快。

他不打算跟其他人深入交流，也不認為有這麼做的必要。

他也不曾湧現想更了解誰的想法。

因為過於習慣一個人的狀態，他已經變得不會感受到寂寞。別人就是別人，跟自己沒有關係。

即使明白對方不想跟自己有所牽扯，愛藏仍會毫不在意地靠近。

一開始，勇次郎很排斥這樣的他，也覺得他是個令人煩躁的傢伙。

儘管如此，無論他以多麼冷淡的態度拒絕愛藏、或是說多少挖苦他的話，愛藏仍會不屈不撓地找他搭話。

lesson 7
～課程 7～

或許可以說他是個很有毅力的人吧。

換作其他人的話，不是對這樣的勇次郎反感而遠離他，就是放棄和他交流往來。然而，雖然老是被勇次郎惹得火冒三丈，愛藏卻還是留在他的身邊。

要是沒有被安排組成雙人團體，他們倆想必也不會聚在一起。

無論搭檔換成誰，愛藏都能夠和對方配合得很好。就算他不是選擇當偶像藝人，而是踏上其他不同的道路，想必也是一樣的。

勇次郎將視線往下，雙唇也抿成一條線。

就算不塑造出另一個自己，愛藏依舊能夠為許多人所接受。

所以，他其實——

「抱歉！我跟現在的搭檔配合得很開心呢。」

愛藏這句發言，讓勇次郎彷彿觸電般抬起頭來。

「什麼嘛～不然你下次把搭檔一起帶過來啊。」

「不……我想他應該不會來。那傢伙很不好相處呢。」

愛藏苦笑著這麼回應。

（他果然……是個奇怪的傢伙……）

勇次郎伸手按住被風吹亂的髮絲，微微瞇起望向地面的雙眼。

下一刻，他俐落地抬起頭，牽著狗朝廣場走去。

「你說誰很不好相處？」

聽到從後方傳來的這個嗓音，愛藏不禁雙肩一震。

他猛地轉頭，在看到勇次郎的臉後，因為吃驚而誇張地喊了一聲：「嗚哇！」

「你……在這裡幹嘛？」

「我帶狗出門散步。」

愛藏望向被勇次郎牽著的狗，然後看似尷尬地以手掩面。

「難道……你都聽到了？」

「你是指你剛才那段得意忘形的演奏？」

「呃……對。」

勇次郎垂下頭發出「噗！」的笑聲。再也無法忍受的他，笑得雙肩不停顫抖。

「別笑啦你……！」

「我就當作沒聽到吧。」

語畢，勇次郎轉身牽著狗離開。

「啊，喂……等等啦！」

愛藏一把揪起自己的包包追了上來。走到勇次郎身旁的他，撇著嘴望向一旁，露出「有夠糗……」的表情。

勇次郎輕輕咬住險些要再次上揚的嘴唇。

——因為他也很開心。

上發聲訓練課的這天，兩人配合著老師的鋼琴伴奏唱歌。

「好～ＯＫ！練習的成果感覺很不錯呢。這樣的話，之後的錄音應該不會有問題。剩下要注意的嘛～勇次郎，在間奏吶喊的時候，你可以再放開一點。」

聽到老師的指正，勇次郎以「是」回應。

接著，老師喃喃唸道：「還有……」然後翻了翻樂譜。

「愛藏，你的音準愈來愈穩定了，但有時會出現類似聲音卡著出不來的情況。這部分要再注意一下。」

「啊，是！我會注意！」

感受到勇次郎的視線後，愛藏有些尷尬地別過臉去。

他這樣的反應，讓勇次郎不禁想笑，只好以樂譜遮住自己的嘴巴。

「那麼，今天就練習到這裡，辛苦嘍。」

「──謝謝老師！」

兩人同時鞠躬道謝。

走出發聲訓練教室所在的大樓後，一片灰濛濛的天空開始降下雨點。

「你是明天要錄音對吧？」

撐開透明塑膠傘的愛藏轉頭這麼問。

「是沒錯啦……你呢？」

「我是後天。原來會分開錄啊……我以為我們會一起錄呢。真讓人有點緊張。」

「應該跟上發聲訓練課的感覺沒有太大差別吧？」

「錄音室的氣氛一定比較不一樣啊。總監跟製作人都會在場，然後你又不在……」

「幹嘛？希望我陪你一起去嗎？」

這麼調侃的同時，勇次郎從口袋裡掏出手機。

「你在說什麼啊。我一個人也完全應付得來好嗎。」

「…………」

笑意從勇次郎的臉上消失。他凝視著手機畫面上顯示的未接來電。

是母親打來的。父親公演的日子就快到了。

這次，弟弟光一郎也會一起登台表演，所以家裡想必為了相關準備忙得不可開交吧。

「今天要不要再練習一下？不然我們也沒有其他兜得上的時間了。」

這麼詢問後，愛藏又像是想起什麼似的輕喃：「對喔……」

「你家裡會開車來接你嘛。畢竟你有門禁。這樣的話……就沒辦法了。」

「…………」

勇次郎對握著手機的手稍稍使力。

原本帶著迷惘注視著手機螢幕的他，最後抬起視線往前走。

「啊……喂！」

他超越愛藏的腳步，撐開折疊傘轉過頭來。

「不是要去練習嗎？」

愛藏笑著叨唸了一句：「這個人真是……」然後快步追上勇次郎的背影。

「你家裡沒關係嗎？」

「……沒關係。」

這時，一陣細微的來電鈴聲響起。

勇次郎將手機關機，然後把它塞進褲子口袋裡。

現在，他有需要自己的地方。

還有需要自己的人。

所以——

他不會再回頭看了。

二

收到經紀人內田聯絡的這天，兩人在放學後隨即前往事務所。

在休息室裡頭等了片刻後，經紀人內田出現了。

他們大概能猜到今天被找過來的理由。

「首先，我要跟一直默默接受訓練課程的你們說聲辛苦了。我已經聽過老師的報告。看來你們都很努力呢。」

說著，經紀人內田將雙手撐在桌面上，眼睛則是望向兩人。

「先前的第一次錄音也順利結束，真的是太好了。你們引頸期盼的出道曲，現在終於完成了。」

聽到她這麼說，勇次郎和愛藏猛地望向彼此。

「「我們今天可以聽到完成的曲子對吧！」」

這麼問的兩人，激動到微微從椅子上起身。

「當然嘍。我就是為了這個，才找你們過來。」

經紀人內田笑著答道，然後朝兩人秀出裝在ＣＤ盒裡的ＣＤ。

接下她遞過來的ＣＤ後，勇次郎的臉上自然而然浮現了笑容。

（我們的出道曲…………）

雖說歌曲已經製作完成，但還要再過好一陣子才會公開。ＣＤ應該也是等到明年才會發行。

無論是「ＬＩＰ×ＬＩＰ」這個團體名、或是兩人的名字，都還無人知曉。

以「羅密歐」命名的這首歌曲，也才剛誕生在這個世上。

一切的一切，都才剛要開始——

通過甄選會時，雖然契約上清楚寫著可以出道，但這個承諾究竟會不會兌現，一直讓勇次郎感到很不安。

即使到了這一刻，他都還有種彷彿在作夢，只是想像著不切實際的未來的感覺——

關於這點，愛藏或許也一樣吧。他雙眼直盯著盒子裡的ＣＤ，表情看起來像是在細細品味心中的喜悅。

「內田小姐！妳今天要跟我們說的就是這件事而已嗎？」

愛藏猛地抬起頭，以偏快的說話速度這麼問。他大概已經等不及要聽這張ＣＤ了吧。

「雖然有很多事情得跟你們說，不過……倒也不急著今天說啦。你們可以回去嘍！」

經紀人內田拍了一下手這麼說。

聽到她的回答，兩人隨即揪起書包，喊了一聲：「『辛苦了！』」說完便從休息室飛奔出去。

lesson7
～課程７～

離開事務所後，勇次郎和愛藏一起搭上電車前往樂器行。

奔跑著爬上室外階梯後，兩人在玄關處匆匆脫下鞋子。

他們衝進位於後方的練習室，將書包隨意扔在地上後，一起在桌前坐下。

「要用耳機聽嗎？」

「不用。這樣就只能一個人聽了。」

「那我要放嘍。」

愛藏從盒子裡取出CD，將它放進電腦的光碟機裡。

兩人跪坐在電腦前方，彼此交換了一個緊張的眼神。

愛藏以滑鼠左鍵「喀噠」一聲點擊播放鍵後，電腦開始播放出前奏。

兩人輕柔的低喃聲同時傳來。進入接下來的伴奏部分時，愛藏忍不住用滑鼠按下暫停鍵。

在被沉默籠罩的房間裡，勇次郎和愛藏愣愣凝視著靜止的電腦畫面。

「嗳……這邊的部分，我們有一起練習過嗎？」

「沒有。我是在錄音的時候……臨時被要求做這樣的演出。」

「我想也是………」

涼爽的風從敞開的窗戶外頭吹了進來。

「再從頭放一次好了……」

愛藏將播放軟體拉回前奏的部分後，兩人帶著認真的表情開始聆聽。

一開始是勇次郎的部分，接著帶到愛藏的部分。

lesson7
～課程 7～

鋼琴輕快的旋律、背景的和聲，再加上吉他、貝斯的演奏和鼓聲，打造出這首華麗而節奏鮮明的曲子。

在歌曲播放完後，兩人仍盯著電腦螢幕無法動彈。

他們約莫就這樣沉默了五分鐘左右。

「怎麼辦……要……再聽一次嗎？」

愛藏望向勇次郎這麼問。看到後者點點頭之後，他操作滑鼠，讓歌曲重新播放一遍。

「你……覺得如何？」

反覆聽了五次後，愛藏以帶點顧慮的語氣問道。

「……………我覺得……配合得比想像中還要好呢。」

「對啊。感覺完全沒有不自然的地方……」

聽了兩人錄下來的歌聲後，勇次郎和愛藏發現他們的嗓音契合度意外的高。

完美融合的同時，卻也能確實表現出各自的風格。

「……但裝帥的人是你啊。」

「……你還不是用那種耍小聰明的唱腔。」

「我哪裡有耍小聰明啊。」

「我也完全沒有用裝飾的方式唱啊。我的唱腔很普通好嗎。」

「我也一樣啊。」

一如往常地怒目相視後，兩人將視線拉回電腦螢幕上。

「……再聽一次試試吧。」

歌曲再次從前奏開始播放。這是第六次了。

勇次郎一邊聽著，一邊若無其事地將視線移向一旁。

聽歌的愛藏臉上露出極其認真的表情。輪到自己負責的部分時，他的嘴唇也會自然而然跟著動起來。

明明個性和嗜好都天差地遠的兩人，或許是因為一起練唱過無數次，所以，錄下來的歌聲才會搭配得遠比想像中更加協調。

不過，大概也得歸功於製作人和總監巧妙地將兩人的聲音融合在一起的技巧吧。

「感覺挺不賴的耶……」

愛藏如此輕喃，嘴角泛著淺淺的笑意。

「嗯。」

lesson 7
～課程7～

「感覺好像比想像中……更有王子的感覺？」

「雖然你是有起床氣的頭槌王子就是了。」

「那你就是沒辦法喝咖啡的自戀王子啦。不過……至少也做到這種水準才行呢。」

「因為我們是羅密歐啊。」

勇次郎以手托腮這麼說，然後露出笑容。

今後，會有多少人聽到這首歌呢？

他們的聲音，能順利傳達給這些人嗎——

「我們就用這首曲子，把願意聽我們唱歌的人全都拉進我們的世界裡吧！」

「你是指茱麗葉？」

在這首歌裡，兩位王子前往迎接的公主殿下，名字就叫做「茱麗葉」。

在這個世上，一定會有像歌詞裡的茱麗葉那樣需要自己的人——

「沒錯，就是在全日本等待我們的茱麗葉！」

「全日本就行了嗎？」

「夢想還是要遼闊一點才行。全世界吧。」

說著，兩人相視而笑。

想像著前方開拓出來的未來，以及接下來即將發生的事，兩人的心情同樣澎湃不已。

「真想趕快開演唱會……」

愛藏向後倒，整個人仰躺在地上，以迫不及待的語氣這麼說。

「我們才剛錄好一首歌而已耶。」

勇次郎托腮，再次按下重新播放鍵。

（雖然我可以理解他的心情啦……）

「真希望這首歌可以早點公開……不知道要等到什麼時候？」

「這個嘛……或許要明年吧。」

「會等到我們國中畢業之後嗎……」

接著，愛藏像是突然想起什麼似的起身。

「你……畢業以後要怎麼辦？」

「……你是問升學的問題？」

「雖然已經決定要出道了，但還是得去念高中嗎……」

lesson7
～課程7～

現在就連把時間花在上學念書，都讓愛藏覺得可惜。而勇次郎多少也有同樣的想法。要是有時間坐在教室裡的課桌前，他寧可去接受相關課程訓練，或是去工作。

他想傾注全力在眼前的課題上。

「你的父母呢？他們沒有意見嗎？」

「我不太跟他們說話……而且我媽也時常不在家……」

「哦……」

勇次郎只是這樣淡淡回答，沒有再深入問些什麼。

「那照自己想做的去做就好了吧？畢竟決定要走這條路的人是你。」

「那你呢？還是會參加高中入學考嗎？」

「我還沒決定……」

就算升上高中，等著自己的，也只會是跟國中時期大同小異的無趣每一天。勇次郎對學校生活沒有任何期待。就只是坐在教室裡的座位上，靜靜等待時間流逝，到了隔天，又繼續重複這樣的行為罷了。

所以，無論去念哪所高中，他都無所謂。

「……要念高中的話……我會選離家最近的學校吧。」

「這只是因為你不想早起而已嘛～」

「你沒有想去念的高中嗎？」

「是沒有特別想去念的，不過……絕對不想報考的學校倒是有。」

「為什麼？」

「因為……有個我不想見到面的人念那間學校。」

「是你哥哥念的學校？」

「別問了啦……我連想都不願意去想。」

愛藏垮下臉，看似很鬱悶地嘆了一口氣。

（看來他們兄弟關係很差呢……）

一如親子關係有很多種，手足之間的相處，同樣會有各式各樣的問題。這點勇次郎也是一樣的。

就算即將以偶像藝人的身分出道，兩人目前仍是國中生。

他們和班上的其他同學沒什麼兩樣。就算升上高中，這樣的狀況也不會因而改變。

在通過甄選會前，勇次郎過著索然無味的每一天。

不管做什麼都覺得沒意思，也不曾經歷過能讓自己感動的事情。無論再怎麼掙扎，自己身處的世界都不會改變、也無法改變。他這麼想著，然後斷然放棄。

連踏出一步的勇氣都沒有——

他討厭總是像這樣低垂著頭的自己。渴望能投身一個截然不同的嶄新世界。

在這種情況下，他偶然瞥見了甄選會的宣傳廣告。

那感覺就像有一道光芒打進被漆黑籠罩的世界裡。

或許，他有機會站上自己過去一度放棄的那個舞台。

懷著最後一線希望去報名參加後，打從那天起，勇次郎的日常慢慢出現改變。

「「果然還是得辦演唱會啊…………！」」

勇次郎和愛藏同時說出這句話，然後望向彼此。

自從看了一馬和深冬的演唱會彩排之後，一直有股高漲的情緒在他們心中翻騰。

有朝一日，他們也希望能像一馬和深冬那樣舉辦演唱會。

他們想用自己的雙眼確認從舞台上看出去的景色。

「真想趕快讓每個人聽到這首歌呢。」

聽到愛藏這麼說，勇次郎點頭「嗯」了一聲。

不會吸引任何人的目光，也不被任何人所需要。
宛如一朵生長在陰影處、不會被任何人發現的花朵那樣，只能仰頭眺望遙遠的天空，
一心渴望著絕不會落在自己身上的燦爛陽光。

有人會發現嗎？
我們其實就在這裡。

能夠傳達出去嗎？
滿載著「我們」心意的歌聲——

我不願意把妳……

lesson8 ~課程8~

讓給任何一個人。

lesson 8 ～課程8～

一

十一月的末尾，田村社長、經紀人內田和幾名外部相關人士，一起聚集在事務所的會議室裡開了一場會。

平常不會參加會議的勇次郎和愛藏，今天也坐在會議桌一角聽著眾人的討論內容。

雖然被要求一起出席會議，但現場的氣氛看起來並不容他們插嘴。

正前方的白板上大大寫著「羅密歐MV製作討論會議」幾個字。

手上拿著資料的經紀人內田站在白板前方進行說明。

前天，兩人被告知之後會開始製作MV一事。

或許是出道曲已經錄製完畢的緣故吧，感覺彷彿一下子變得忙碌起來。

MV的公開時間，已經決定是明年的二月。拍攝工作則是預計在下個月的聖誕節前夕開始。

拍攝地點選在跟市中心有一段距離的某間度假飯店。

（感覺規模變得很大呢……）

被告知要拍ＭＶ時，勇次郎原本以為跟前陣子在攝影棚裡拍廣告那種感覺差不多。不過，這次似乎還會有許多臨時演員一起參加拍攝。

在他身旁聽著討論內容的愛藏，也露出一臉「真的沒問題嗎」的擔心表情。

這是他們第一次拍攝ＭＶ。愛藏會緊張是理所當然。這點勇次郎也一樣。

他握著手中的自動筆，將視線移回白板上頭。

（前去迎接公主的王子……是嗎？）

會場和拍攝用服裝的構想，似乎都差不多定案了。

「關於這支ＭＶ的女主角，我想請目前廣受十多歲青少女歡迎的人氣模特兒成海聖奈小姐來擔綱。」

「聽起來不錯呢。她目前是高中生對嗎？」

梅比斯事務所的田村社長面帶笑容這麼問。

經紀人內田以「是的」點點頭回應。

「年齡上不會讓人覺得突兀，而且她也很符合茱麗葉的形象。」

「因為她除了女性粉絲以外，男性粉絲也不少呢～我想應該能夠引起話題。這會是她第一次參與MV拍攝吧？」

負責公關行銷的男性這麼開口。

「她過去承接的主要都是模特兒、或是廣告拍攝的工作。」

「只要這首曲子掀起熱潮，之後的市場進攻策略也能變得比較輕鬆。」

說著，田村社長望向勇次郎和愛藏微笑。

「我很期待你們倆的表現喲。」

聽到社長這麼說，兩人連忙起身回覆：「「是！」」

「你們坐著沒關係。另外，不用這麼緊繃，表現出平常的樣子就好嘍。」

勇次郎和愛藏迅速縮回椅子上，因為難為情而滿臉通紅地垂下頭。

一片和氣的笑聲在會議室裡蔓延開來。

至今，想必都是身邊的人在他們不知道的地方構思討論，最後為他們打造出這樣的企畫吧。

名為「ＬＩＰ×ＬＩＰ」的這個雙人團體，是所有參與者夢想的集大成。

lesson8
～課程8～

離開事務所後，兩人一如往常地朝樂器行走去。

踏進玄關之後，愛藏伸手開燈，朝位於後方的練習室走去。

「好冷！」

他猛搓自己的手臂，然後匆匆啟動空調的暖氣。

勇次郎坐在地板上，將書包擱在散亂著雜誌的桌面上。

「總之，要先喝點什麼嗎？」

以電熱水壺燒開水的愛藏轉頭這麼問。

「這裡看起來只有咖啡耶。」

「嗯，是這樣沒錯啦……還有熱開水跟冷開水。」

「…………不用了，我有熱可可。」

早就料到這一點的勇次郎，剛才已經在路上繞進便利超商買了熱可可和一些零食。

他從塑膠袋裡取出熱可可和零食放在桌上，再拿出剛才開會時發下來的書面資料。

愛藏走過來在他對面坐下。他將馬克杯叩咚一聲放到桌面上，咖啡苦澀的香氣跟著緩緩飄散過來。

「所以，這是我們要在MV裡扮演王子的意思吧？」

愛藏從自己的書包裡拿出相同的資料，將它攤開在桌面上。

「因為歌詞就是這麼寫的啊。」

「我們還要唸台詞嗎？」

發給兩人的資料裡頭，也有MV的劇本。

故事是以歌詞為出發點，敘述兩名王子前去迎接公主。

「之後應該會作為花絮釋出吧？」

或許會當作宣傳的一部分來製作。

「是嗎……對喔，剛才有提到。」

愛藏看起來一臉沒自信的樣子。兩人雖然接受過很多次舞蹈和發聲訓練的課程，但演技指導課就只有上過那麼一次。

勇次郎回想起上演技指導課時，愛藏因為忘記台詞而杵在原地的模樣。

畢竟那是他第一次試著演戲，所以這樣的結果也算得上是理所當然。在習慣之後，他的表現就變得自然很多，老師也稱讚他唸台詞的發音很好。

只要讀過一次劇本，勇次郎就能牢牢記住裡頭的台詞。

上演技指導課時，看到他流暢地說出一長串台詞，連老師都不禁驚訝地問道：「你有參與過什麼舞台劇嗎？」

那時，勇次郎以「沒有耶」敷衍帶過，但對他來說，演戲並不是一件太困難的事。

早在上小學之前，他就會在家裡的練習室接受父親的指導。

印象中，被迫唸同一句台詞好幾十次，卻仍得不到父親一句「可以了」，只能拚命忍住想哭的衝動。或許也是託這種練習的福吧。

勇次郎能夠扼殺自我，徹底變成另一個不同的人。而這也是他一直都在做的事情——

比起唱歌跳舞，他甚至可以說是更擅長演戲。

想到這裡，勇次郎微微垂下眼簾。

之後，約莫有十分鐘，兩人都一語不發地讀著劇本。

從空調吹出來的風，完全不帶一絲暖意。

（好冷……）

勇次郎將擱在沙發上的毯子扯下來，把自己整個人包裹在裡頭。

被他以雙手捧著的罐裝熱可可，已經完全冷掉了。

這時，愛藏以「噯……」向他搭話。他看起來一臉傷透腦筋的模樣。

「去誘惑公主的王子，會是什麼樣的感覺啊？」

「這種事情我怎麼可能知道啊。」

「我想也是喔……」

愛藏像是舉白旗投降那樣拋開劇本，整個人趴倒在桌上。

他開始發出苦惱的呻吟聲。

啜了一口可可後，勇次郎將罐子放回桌上。

「……要從對戲開始練習嗎？」

聽到他這麼問，愛藏慢吞吞地抬起頭。

「也對。那就開始吧。」

光是煩惱也沒有意義。決定重新振作精神後，愛藏翻開了劇本的第一頁。

lesson8
～課程８～

過了兩小時後——

「好痛！你是認真在敲我吧！」

隔著桌子和勇次郎對峙的愛藏垮下臉這麼吶喊。

他握在手中代替刀劍的，是捲起來的音樂雜誌。

「不認真的話，就算不上是練習了吧？」

勇次郎像是在握球棒那樣舉起劇本，慢慢朝愛藏逼近。

他們在練習東之王子和西之王子為了爭奪公主而決鬥的一幕。這可說是整段故事的最高潮。

一開始，兩人原本只是試著稍微比劃一下，但不知不覺中，他們開始認真起來追殺彼此。

「你別老是用那些犯規的招數啦！」

「什麼叫犯規的招數？」

「不是說禁止踢人嗎～！」

「劇本上可沒有寫到這種規定耶。這應該就是要不由分說地痛扁對方的場面啊。」

勇次郎露出壞心眼的笑容，舉起劇本攻擊打算往後退的愛藏。

愛藏反射性地以音樂雜誌擋下他這一擊。

看到愛藏轉身企圖逃跑，勇次郎繞過桌子追了上去。

前者慌慌張張地跳上沙發，結果疑似因為踩到抱枕而失去平衡。

勇次郎看準他這個破綻，用力朝他的膝蓋踹下去。

「嗚喔！都說別用踢的啦！」

愛藏一個重心不穩，就這樣整個人倒在沙發上。

看到勇次郎的劇本朝自己的額頭揮來，愛藏連忙一個翻身滾下沙發。

隨後，他迅速從地上起身，跳過矮桌逃跑。勇次郎再次追了上去。

「你從剛才就只是一股勁在逃跑耶，沒用的王子。」

「這就是我的戰略啦！我要消耗你的體力。」

「氣喘吁吁的人是你喔。」

「你還不是一樣啊。快點放棄，然後投降吧！」

兩人一邊和彼此拉開距離，一邊喘得上氣不接下氣。

「既然是砲灰，就不要這樣垂死掙扎地逃命，快點乖乖被我打倒吧。」

「我什麼時候變成砲灰了啦！我看起來才比較像個英雄吧！」

lesson8
～課程８～

「你搞錯了吧？應該是從深山裡頭大搖大擺跑出來的山賊才對。」

勇次郎趁這個機會揮下劇本，但仍被愛藏俐落地閃開。

面對愛藏優秀的反射神經，他忍不住感到煩躁起來。

「誰是山賊啊。你才是從魔界復甦的小惡魔吧！給我消失！」

兩人一邊鬥嘴，一邊用雜誌和劇本打來打去。

（氣死我了！）

勇次郎一把揪起沙發上的抱枕，使盡力氣將它砸向愛藏。

「嗚喔！」

抱枕啪一聲落在愛藏臉上。

「劇本上完全沒有出現過枕頭這種東西吧！」

「真讓人不爽……」

以低沉的嗓音這麼輕喃後，勇次郎將劇本扔在地上。

「先開口講別人的是你喔！」

「沒用的山賊！」

「惡魔雙面人！」

在兩人一邊互相怒罵、一邊揪住彼此的衣領，然後拚命用腳互踹的時候，練習室大門被人打開。

「喂~你們兩個。」

探頭進來之後，森田先生不禁詫異地詢問：「你們在幹嘛啊？」

「「練習！」」

維持揪著彼此的姿勢同時這麼回答後，勇次郎和愛藏指著對方。

「為了把這傢伙痛打到體無完膚的練習。」

「為了狠狠揍這傢伙一頓的練習！」

「雖然搞不太清楚，不過……你們要吃章魚燒嗎？」

說著，森田先生舉起手中的袋子。

「「要！」」

立刻回覆後，兩人又像是要嚇阻對方那樣怒目相視。

二

lesson8
～課程8～

隔天放學後，愛藏穿著制服來到樂器行。

今天，他沒有直奔練習室，而是打開一樓的店鋪大門。

「你好～森田先生，你在嗎？」

一邊打招呼一邊入內後，人在鋼琴後方的森田先生探出頭來。他大概正在幫鋼琴調律吧。

「噢，是你啊，愛藏。勇次郎好像還沒來的樣子喔。」

「我不是來找那傢伙的啦。」

他回想起昨天勇次郎宣言：「我絕對不會再來這裡，以後也都會一個人練習！」說完便氣呼呼離開的身影。

（反正他之後八成還是會過來……）

這種情況是家常便飯了。愛藏走向櫃台放下書包，然後在椅子上坐下。

「那個頑固的傢伙……」

這麼輕喃後，他沉著一張臉以手托腮。

（我也比較想一個人練習好嗎……）

他從書包裡取出劇本翻開。

因為反覆讀過好幾次了，愛藏已經大致記起所有的台詞。然而，現在的他總覺得無法進入狀況。唸出來的每一句台詞，聽起來都很虛情假意。

（該怎麼做，才能變身真正的王子啊……）

現在的自己只是個冒牌王子。關於這點，愛藏本人也再清楚不過。

這時，鋼琴聲停了下來，森田先生也走回櫃台後方。

「需要把練習室的鋼琴調律一下嗎？」

「不用了……比起鋼琴，我的吉他狀況不太好，所以想請你幫忙看看。」

「是可以啦……你們又起衝突了嗎？真不知道該說你們是合得來、還是合不來呢。」

森田先生笑著這麼說，然後將咖啡倒進紙杯裡。

「原因很多啦。複雜的原因。」

以鬧彆扭的表情回答森田先生後，愛藏看到他將手中的紙杯遞過來。咖啡的香味和熱氣一起飄散開來。

「那我不客氣了……」

小小聲道謝後，愛藏將紙杯湊近嘴邊。

lesson8
～課程８～

在自己的馬克杯裡注入咖啡後，森田先生拿起杯子啜飲，然後啟動筆記型電腦。

「森田先生……你有受女孩子歡迎的經驗嗎？」

聽到愛藏的提問，在確認電子郵件的森田先生挪動椅子，轉身反問：「你說啥？」

「就是……有被女孩子告白過之類的嗎……？」

支支吾吾地這麼開口後，愛藏又喝了一口咖啡。

「你覺得我看起來像受歡迎的男人嗎～？」

「但你不是結婚了嗎？」

「怎麼，你想變得受女孩子歡迎啊？」

「不是這樣啦。我只是在想，所謂理想中的、讓人憧憬的王子，究竟是什麼樣的感覺呢？」

「理想中的王子啊～」

森田先生以手抵著下巴沉思起來。

「啊，我是為了工作而問的喔！」

突然覺得自己的發言很羞恥，愛藏漲紅著一張臉辯解起來。

「我也不清楚……如果身邊有很受女孩子歡迎的熟人，你去好好觀察對方怎麼樣？」

「受女孩子歡迎的……熟人……？」

帶著輕浮笑容跟女孩子走在一起的某個熟人的身影，此刻在愛藏腦中浮現，讓他忍不住皺起眉頭。

「你的班上或身邊，多少都有個桃花運很好的男生吧？」

「桃花運很好的……男生……？」

想起那名熟人帶著不同女孩子踏進ＫＴＶ包廂的身影，愛藏眉心的皺紋變得更深了。

「可以跟對方請教一下祕訣啊。我能想到的建議只有這個了。因為我從來沒受女孩子歡迎過。」

森田先生這麼說，然後「啊哈哈哈！」地豪邁大笑了幾聲。

（受女孩子歡迎的熟人……桃花運很好的男生…………）

踏出樂器行的愛藏，走在大馬路上茫然思考起來。

各大店鋪的櫥窗，已經可以看到有著濃濃聖誕節氣氛的裝飾。

車站旁的廣場也出現了一棵高大的聖誕樹，掛在上頭的燈飾不斷發出炫目的光芒。

樹下有不少情侶親暱地靠在一起拍照。

要說受女孩子歡迎的熟人、桃花運很好的男生，愛藏能想到的就只有那個人。

想到這裡，愛藏在斑馬線前方停下腳步，以手掩面「嗚！」地呻吟一聲。

（我絕對不想把那傢伙當範本……！）

與其說那個人是理想中的王子，應該說他只是個性輕浮而已。

就算模仿他，也只會讓自己變成一個不正經的王子吧。這跟令人憧憬的形象差了十萬八千里。

在號誌轉為綠燈後，愛藏和一群剛放學的女孩子擦肩而過。

擅長在人前裝乖的勇次郎，想必能扮演出完美的王子形象。

造訪事務所時，他也總會對女性工作人員們展露笑容。只要看到勇次郎露出微笑，大部分的女性也會因此感到開心。

（不知道為什麼，我好像就只有被調侃的份呢……）

能收到慰勞小點心的人，一直都只有勇次郎。

每次看到勇次郎，女性工作人員們也都忍不住上前吹捧他幾句。

「比較受歡迎的當然是我啦～！」

想到勇次郎一臉得意的囂張模樣，愛藏忍不住蹙眉。

「我死都不想輸給那傢伙～！」

這麼自言自語後，愛藏快步穿越斑馬線。

現在，恐怕也只能不擇手段了。

三

這天，經紀人內田開車載著勇次郎造訪了一間舞蹈教室。這裡跟他平常和愛藏一起上舞蹈課的那個教室不同。

關於今天要接受的訓練課程，經紀人內田並沒有特別說明。

而且，得過來上課的，似乎只有勇次郎一個人。

經紀人內田交給他的提袋裡，裝著一雙全新的舞鞋。

步下轎車後，勇次郎照著指示走進大樓，然後踩著樓梯往上。

lesson8
～課程 8～

打開教室大門入內後，映入眼簾的是一處服務台，以及位於後方的練習室。

「請問……」

以有些顧慮的嗓音開口後，原本待在練習室裡的女子面帶笑容走過來。

「你就是勇次郎嗎？」

「是的……事務所交代我過來這裡上課。」

「我叫北山，是這次的課程講師。進來吧，成海已經先來了。」

（成海小姐……？）

勇次郎望向練習室內部，發現成海聖奈正在裡頭做熱身操。

她看起來已經換上練習用的服裝了。

（噢，原來如此……）

劇本上有一段和扮演公主的成海聖奈跳華爾滋的場景，這堂課就是為此而安排的吧。

勇次郎脫下鞋子踏進練習室後，聖奈露出滿面笑容向他打招呼：「啊！你好～！」

雖然有在雜誌或電視廣告上看過聖奈，但這還是他第一次見到本人。

聽說今年高三的聖奈，個子比照片上看起來還要高挑。

勇次郎也堆出微笑，以「妳好，請多多指教」回應。

「你們倆是第一次見面嗎？」

聽到北山老師這麼問，勇次郎和聖奈一起回答：「「是。」」

「這樣啊。那麼，勇次郎，你先到後面那個房間換衣服吧。換完我們再開始。」

「一、二、三、一、二、三……」

勇次郎輕輕握住聖奈的一隻手，再以另一隻手環住她的背部，配合著老師的節拍移動腳步。

將手放在勇次郎的手臂上，聖奈的眉心擠出了深深的皺紋。

她配合著勇次郎的動作，自己輕聲跟著「一、二、三……」地打拍子。

之所以一直低垂著頭，或許是因為她很努力在觀察兩人的腳步吧。

勇次郎朝前方踏出一步，聖奈也做出了同樣的動作。

鞋子不慎拐了一下的她，因為重心不穩而用力揪住勇次郎的手臂。

「對不起！」

聖奈隨即鬆開手，慌慌張張地向勇次郎道歉。

lesson8

～課程８～

「成海，忘記舞步的時候，深呼吸放鬆一下，讓勇次郎帶著妳跳就好嘍。」

老師苦笑著這麼建議。

「不好意思～～！」

聖奈向老師一鞠躬，接著轉身面對勇次郎，雙手合十向他道歉。

「對不起喔，勇次郎！」

「沒關係的。那我們從頭來吧。」

勇次郎帶著笑容伸出自己的手。聖奈見狀，戰戰兢兢地將自己的手搭上他的。

「抬起頭來。」

聽到北山老師這麼說，她像是重新振作精神般抬起頭，凜然的表情跟著從臉上閃過。

「「一、二、三……」」

這次，勇次郎和聖奈一起數數，試著藉此掌握節奏感。

勇次郎大大踏出一步時，聖奈配合他往後退一步。起頭感覺很順利。

然而，聖奈忍不住又馬上將視線移往腳邊，步伐也像是失去自信那樣變小。

看著這樣的聖奈，判斷她恐怕沒多久又會跳錯的勇次郎做好心理準備。下一刻，聖奈一如他所想的弄錯了舞步。

看到她的身子往一旁傾斜，勇次郎反射性地伸出手攙扶。

「真的很抱歉～！」

聖奈垂下頭，以雙手揪住自己的運動服，整個人也微微顫抖。

從臉上灰暗的表情，明顯可以看出她相當沮喪。

北山老師輕嘆一口氣表示：「稍微休息一下吧。」然後將音樂中止。

勇次郎走到練習室一角，拿起自備的寶特瓶礦泉水。

「勇次郎！」

聽到這個突然傳來的呼喚聲，他轉身一看，以雙手握著寶特瓶的聖奈正望向這裡。

「我老是出錯……真的很抱歉！」

說著，她再次深深一鞠躬。

「沒關係的，請不用在意。」

勇次郎輕輕揚起一隻手露出微笑。

「平常應該不會這樣才對呀，到底是為什麼呢～～！」

lesson8
～課程8～

聖奈看似難為情地將臉埋進毛巾裡。

「…………我想，應該是妳把跳舞想得太難了。」

說著，勇次郎將寶特瓶和披在脖子上的毛巾拿起來擱在地上。

他將一隻手伸直，另一隻手曲起，同時俐落轉過頭。

「一、二、三、一、二、三。」

然後一邊打拍子，一邊示範女方的舞步給聖奈看。

聖奈吃驚得圓瞪雙眼。

「勇次郎，你為什麼會跳？女方的舞步你應該只有看過，而沒有實際練習過吧？」

「……不知不覺就會跳了？」

勇次郎緩緩踩著舞步，有些不解地歪過頭。

聖奈在一段距離外跟勇次郎並排，試著模仿他的動作。

兩人望著彼此，「「一、二、三、一、二、三」」地打拍子。

「你好厲害喔！」

這次，聖奈沒有再搞錯舞步。或許是為這樣的結果開心不已吧，她的雙眼看起來閃閃發光。

平常上舞蹈課時，勇次郎和愛藏一起練習的內容，跟今天的訓練不會差太多。

雖然不覺得自己有聖奈說的那麼厲害，但被人這樣當面誇獎，感覺還是挺不錯的。

「另外，我覺得妳不要一直盯著腳比較好。這樣反而容易搞混呢。」

因為一直看著勇次郎的腳步，才會導致她打亂自己的步伐吧。

「啊！原來如此。說得也是呢。」

聖奈在原地輕輕踏出步伐，確認自己的動作。

看著她認真的表情，勇次郎不自覺露出柔和的笑容。

他總覺得自己能了解聖奈受歡迎的理由了。她是個不會掩飾真正自我的人。

這也讓勇次郎感到有些羨慕——

剩下五分鐘的休息時間，兩人倚著牆閒聊起來。

北山老師在櫃台講電話的聲音傳來。

「勇次郎，你現在高一嗎？」

「我國三……」

「咦！你還是國中生？而且跟萌奈同年嗎？」

「……萌奈？」

「是我的妹妹。但她最近都不太跟我說話了……你知道為什麼嗎？」

「……咦？」

（就算問我為什麼，我也……）

被問到跟自己完全不認識的人相關的問題，他也答不上來。

「是因為叛逆期到了嗎……」

這麼自言自語後，聖奈嘆了一口氣。

「她之前都會陪我去逛街，現在卻完全不願意跟我一起出門了呢。跟她搭話的時候，她的態度總是很冷淡。不肯跟我穿一樣的衣服、也不肯跟我一起拍照。說不定，她是覺得跟我待在一起很難為情呢。」

她們姊妹倆感情想必很好吧。從聖奈說話的語氣，可以感覺出她對自己的妹妹疼愛有加。

「……會不會是因為過度意識到妳的存在？」

思考片刻後，勇次郎這麼回應。

「……意識？」

「不想輸給某人，或是想要超越某人……我覺得人們之所以會湧現這樣的想法，或許是因為自己內心某處其實很憧憬對方。」

說著，勇次郎露出困擾的表情補上一句：「雖然我也不太清楚啦……」

聖奈是年紀比自己大的業界前輩。一開始，勇次郎原本是用敬語跟她說話，但在聖奈平易近人的語氣影響下，他也不自覺改成較為自然的說話方式。這樣似乎也比較不會讓聖奈緊張。

「可是，我因為工作太忙，完全沒有時間陪自己的妹妹，也沒辦法當她商量煩惱的對象，在她遇到困難的時候完全幫不上忙，是個超級沒用的姊姊耶！這樣萌奈還會憧憬我嗎？」

（我為什麼會聽她訴說這種煩惱呢……）

儘管內心這麼想，勇次郎還是含糊地回答她：「我想會吧……？」

雖然不知道聖奈的妹妹是個什麼樣的人，不過，勇次郎覺得自己或許多少能明白她的感受。

打從國中時期開始，聖奈就已經當上讀者模特兒，受到萬眾矚目，也擁有許多粉絲，

在業界相當活躍。

看在周遭人的眼中，她的身影想必十分光彩奪目吧。要是身邊有個這樣的巨星級人物，恐怕很難不拿她跟自己做比較。

面對擁有自己所沒有的東西的人，嫉妒或羨慕的情感想必也會在心中膨脹。有些東西得付出努力才能夠獲得，有些東西卻是與生俱來。

不管多麼憧憬對方、多麼努力模仿對方，也只會再三體驗到「自己無法成為自己以外的存在」這樣的事實。

自己一定也有他人所沒有的優點，因此沒有什麼好比較的。只要努力發揮自身所長就好——儘管理性能明白這一點，想徹底劃分清楚，卻沒有這麼容易。

如果對象是自己親近的人，比較的機會就會變得更多。而因此衍生的感情，又和家庭因素牽扯在一起的話，想必會變得更加複雜。

回想起在家中走廊和自己擦身而過時，光一郎臉上流露出來的不悅神情，勇次郎的表情不禁變得黯淡。

「我原本以為她一定會跟我上同一所高中，所以還很期待的……因為，念同一間學校的話，我就能以學姊的身分教她很多東西了嘛。」

「妳是念哪一間高中呢？」

「櫻丘高中。這間學校非常棒喔。在這裡上學讓人很開心，也有很多雖然有點與眾不同、但都很優秀的老師。例如，負責的科目是古典文學，卻老是穿著一身白袍的老師。」

（教古典文學……卻穿著白袍？）

勇次郎不解地歪過頭。沒有要做實驗的話，應該不需要穿上白袍吧。

「你打算報考哪所高中呀，勇次郎？」

「我還沒決定……成海小姐，遇到有工作的日子，學校那邊妳都怎麼處理呢？」

「有時間上課的話，我會盡可能去上；實在無法去上課的時候，我會向老師說明，然後請假。因為這間學校不會禁止學生去打工、或是承接工作呢。老師也會另外再幫我上輔導課。」

「哦……」

「萌奈也報考櫻丘高中不就好了嗎……我好想跟她穿上同樣的制服，然後一起拍照喔。」

聖奈像是鬧彆扭般鼓起腮幫子。

「等到明年春天，妳應該也畢業了啊。」

lesson8

~課程8~

「我原本打算在萌奈開學典禮那天，再穿上一次高中制服的呀~！可是，看來是沒辦法了呢。」

看著因為感到遺憾而嘆氣的聖奈，勇次郎以手掩嘴「呵！」地笑出聲。

發現他笑得雙肩微微顫抖，聖奈露出有些吃驚的表情。

「成海小姐，妳好有趣喔……！」

「櫻丘高中是一所很棒的高中喔。」

說著，聖奈朝勇次郎微笑。

「雖然發生了很多事，不過……我每天都過得很開心，也在那裡交到了朋友……遇見了很重要的人。三年感覺一轉眼就過了，但我絕對不會忘記這段時光。」

回首距離畢業只剩下幾個月的高中生活，讓聖奈有些戀戀不捨地瞇起雙眼。

看著這樣的她的側臉片刻後，勇次郎轉過頭望向前方。

（櫻丘高中……嗎……）

「好啦，來繼續練習吧。」

到櫃台講完電話的北山老師返回練習室裡。

勇次郎和聖奈回覆：「「是！」」

勇次郎試著回顧自己國中三年的生活。

無趣、乏味，沒有任何能成為回憶的事情。他每天、每天，都在祈禱這樣的時間快點結束。

他從來不曾把學校視為自己的歸屬之處。

因為得幫忙分擔家中要務、再加上需要練習，他也時常向學校請假。

他不會跟朋友玩鬧在一起，也沒有每天去社團揮灑汗水。沒有任何能讓他埋首其中的事情。

只要勇次郎願意，他說不定也能度過一段像聖奈那樣的學校生活。

然而，他提不起勁嘗試任何事情——

他只是從遠處眺望著一切，然後認為那些都跟自己無關。

可以確定的是，他的這三年並非像聖奈那樣能以「很開心」來形容的一段時光。

儘管如此，跟還沒發現任何人生目標的去年相較之下，他總覺得這一年過得快到令人吃驚。

通過甄選會、組成雙人團體、為了出道而每天苦練、錄製出道曲、拍攝廣告。

他想必是忙得完全沒有空閒去感受無聊吧。再說，他並不是孤軍奮鬥——

隔天放學後，勇次郎在斜坡上緩緩前進。

有說有笑的高中生們跟他擦肩而過。

走下斜坡後，映入眼簾的是學校正門，以及有著粗壯枝椏的櫻花樹。

在雲層偏厚的這片天空底下，這些櫻花樹矗立在寒冷的北風中，靜靜等待明年春天到來。

校門口的柱子上寫著「櫻丘高中」四個字。

今天，勇次郎之所以會繞遠路回家，是因為想來看一看這間學校。

他就讀的學校這個月即將舉行三方會談，他也得決定國中畢業後的出路。

他無法說出自己不想去上高中的想法——

雖然覺得把時間拿去念高中太浪費，但要是沒有兼顧學業，他的父母恐怕不會認同他走上星途。畢竟，就算能夠出道，未來的事也很難說。

他停下腳步，望向位於圍籬後方的校舍。

放學後，可以看到換上運動服的學生們走向體育館或操場的身影。

或許接下來是社團活動的時間吧，熱鬧的吶喊聲此起彼落。

眺望這樣的光景時，勇次郎不經意將視線拉回正門處。

他發現一名躲在柱子後方，不停往學校裡頭窺探，形跡相當可疑的學生。

在牛角釦大衣底下的，不是櫻丘高中的制服，而是某間國中的制服。

對方看起來不像是來參觀之後打算報考的學校。為了喬裝而戴上黑框眼鏡的他，反而讓自己更引人注目。

要是被別人看到他們倆認識，感覺會很丟臉，因此勇次郎本來想裝作沒看到，直接離開現場；不過，對方在這裡做什麼，卻也讓他感到很在意。

「你在幹嘛啊？」

聽到身後傳來勇次郎的呼喚聲，愛藏的雙肩猛地一震。

「……唔！你為什麼會在這裡啦！」

「我才想問你咧。你是在等誰嗎？」

lesson8
～課程８～

正當勇次郎想探頭朝學校裡頭望時，愛藏卻揪住他的手腕，一把將他往後拉。

「要是被發現怎麼辦啊！」

「被誰發現啊？」

「你問是誰……是誰又沒差。」

從愛藏視線在半空中遊移的反應看來，對方大概是個碰面後會讓他很尷尬的人。

「亞里紗～噯～等等我嘛～」

一個開朗的嗓音傳來。同時，愛藏也迅速舉起書包遮住自己的臉。

「…………就是那個人嗎？」

「別問啦！」

站在大門旁的兩人，看到三男二女的學生集團從校園裡頭走出來。

勇次郎以若無其事的表情望向從自己身邊走過的這五人。

「不然～我們接下來去速食店一邊吃漢堡、一邊開讀書會吧？」

「請你一個人去吧～」

「咦～！但是虎太朗、幸大跟瀨戶口同學都說要去耶？」

一邊這麼對話一邊並肩行走的，是一名用髮夾固定住瀏海的男孩子，以及將一頭長髮綁成雙馬尾的女孩子。

另兩名男孩子和身型比較嬌小的女孩子走在他們後方。

「誰說要去了啊！你不要隨便決定啦。」

「是可以啦……如果柴健請客的話。」

「什麼啊，如果是這樣的話，那我就去。」

「畢竟虎太朗已經把這個月的零用錢花光了嘛～」

「妳為什麼會知道啊，雛！」

「是小夏跟我說的。」

「那個大嘴巴……！」

肩上揹著運動包的男孩子垮下臉。

綁著長長雙馬尾的女孩子一邊走一邊轉頭問道：

「你把零用錢用在哪裡了啊，榎本？」

「啊～是那個吧～？因為聖誕節快到了嘛。」

「啥……你在說什麼啊，柴健。我什麼都沒買喔！」

「啊！榎本，你臉紅了。」

「真的很好懂耶～」

「才不是這麼一回事喔，雛！妳可別……太期待了……」

「我一點都不期待～反正你每年也只會送一些莫名其妙的東西給我。」

「你每年都送了些什麼啊……榎本。」

「因為虎太朗不了解女孩子喜歡什麼東西嘛～啊！順便問一下，妳有什麼想要的東西嗎，亞里紗～？」

「強力的消災避邪護身符。」

「……可以說個比較能讓人怦然心動的東西嗎？」

等到聽不見這群人的交談聲之後，勇次郎轉過頭。

「…………他們都走嘍。」

愛藏從勇次郎身後探出頭來，迅速望向左右兩側確認。

確定已經看不到五人組的身影後，他看似放下心來那樣輕撫胸口。

「…………好險…………」

「不追上去沒關係嗎？」

「我不是來這裡找他們的啦……」

愛藏拉下大衣的帽子，摘下喬裝用眼鏡塞進大衣口袋裡。

（不然你剛才是在幹嘛啊……）

「那你呢？你來這裡做什麼？」

愛藏靠在圍籬上這麼問。

「…………參觀學校？」

「咦！你打算報考這間學校嗎？」

「我還沒決定啦……但這裡離我家也很近。」

「應該還有其他距離你家比較近的學校吧？我絕對不想念這裡耶。」

這麼說的愛藏，臉徹底地皺在一起。

「我又沒有叫你跟我念同一所學校。你去報考自己想念的高中就好啦。」

「是沒錯啦，可是內田小姐八成會逼我們考同一間學校吧？不然開車接送會變得很麻煩啊……」

「你騎腳踏車上下學不就好了？」

「為什麼你可以讓她開車接送，我就只能自己騎腳踏車啊。這樣太詐了吧！」

兩人這麼鬥嘴時，從一旁傳來人聲：「明智老師～再見～！」

「不要到處亂逛，直接回家喔～」

一名身穿白袍的老師，抱著一塊看板走了出來。

目送學生離開後，「嗯？」他將視線移往站在大門旁的兩人身上。

他的嘴裡還含著一根棒棒糖。

被他直直盯著看的愛藏和勇次郎，不知所措地往後退了幾步。

「抱歉啊，讓你們幹勁十足地過來，不過……學校說明會是明天才舉辦喔～？」

說著，老師將寫著「學校說明會」幾個大字的看板靠在圍籬上。

「啊！不……我們不是……」

愛藏緊張地出聲回應。

「不是想來報考我們學校的國中生啊……」

像是自言自語般這麼輕喃後，老師在看板前蹲了下來。

他從白袍的口袋裡取出一條繩子，將看板綁在圍籬上固定。

兩人在一旁默默看著老師設置看板時，後者突然開口問：「你們幾年級？」

lesson8
～課程８～

「……國三。」

勇次郎回答他。

「哦～決定要報考哪所高中了嗎～？」

「不……還沒有……」

愛藏有些尷尬地這麼回應後，又望向勇次郎以「對吧？」尋求同意。

「那麼，記得要選一間能夠盡情做自己想做的事情的學校喔。」

語畢，老師起身，笑盈盈地從口袋裡掏出兩支棒棒糖。

將糖果遞給兩人後，他便將雙手插進口袋裡，轉身走回校園。

勇次郎望向老師送給他的棒棒糖。是巧克力口味。

愛藏詫異地表示：「他為什麼要給我們糖果？」他則是得到了鳳梨口味的棒棒糖。

（真是奇怪的老師……）

「他是化學還是生物老師嗎……？」

「…………說不定是古典文學的老師呢。」

「為什麼古典文學的老師要穿白袍啊？」

勇次郎歪過頭以「天知道」回應。

「感覺是讓人摸不著頭緒的一間學校耶……雖然大家看起來都很開心就是了。」

愛藏將交疊的雙手抵上後腦勺，然後踏出步伐。

勇次郎再次望向圍籬內側的校舍。

能夠盡情做自己想做的事情的學校——

四

受女孩子歡迎的熟人，桃花運很好的男生——

聽到這樣的形容，愛藏腦中只想到一個人。

雖然對方是他平常盡可能避不見面、也不想牽扯上任何關係的人，不過現在情況不同了。

星期六早上，看到哥哥出門後，愛藏也帶著小黑踏出家門。因為看到他要出門後，小黑就跑過來緊緊黏著他，一副像是想說「不要丟下我」的模樣。這陣子小黑經常獨自看家，所以想必一直覺得很孤單吧。

（做這種事情，真的會有幫助嗎……？）

為了避免被發現，他戴上帽子和眼鏡喬裝。

在一段距離外小心翼翼地跟蹤哥哥的同時，他的內心其實也湧現了「總覺得這麼做不會有什麼幫助」的想法。

那個人很受女孩子歡迎，總是桃花朵朵開的狀態。還在念國中時，他幾乎每天都跟女孩子到處玩樂，交往的對象也一個換一個。

被一群女孩子包圍著，嘻皮笑臉地走在路上——想起哥哥這樣的身影，他不禁皺起眉頭。

（這跟讓人憧憬的存在絕對不一樣……）

雖然搞不太清楚，但跟哥哥待在一起的那些女孩子，看上去確實很開心。

愛藏不知道哥哥今天打算去哪裡，不過，將手插在口袋裡前進的他，看起來心情似乎很不錯。

愛藏躲在電線桿後方偷看時，被他抱在懷裡的小黑開始不安分地掙扎。慌慌張張地將企圖往下跳的小黑重新抱好後，牠像是在抗議似的叫了起來。

牠或許是想跑去找哥哥吧。比起保母，小黑似乎還是比較喜歡飼主。

「噓～會被發現啦！」

愛藏以食指抵著嘴唇輕聲這麼說。

看到哥哥在轉角處拐彎，他連忙將小黑塞進大衣裡頭，然後拔腿追上去。

來到同一個轉角處時，他發現哥哥正打算走進便利商店。

看到兩名看似高中生的女孩子從店裡走出來後，哥哥俐落地退到大門旁邊。

那兩個女孩笑著向哥哥說：「謝謝！」然後從他身旁走過。

同樣以笑容回應的哥哥，等到她們走出來後才踏進店內。

「噯，剛才那個人挺帥的耶～！」

「不知道是哪間高中的～？早知道就跟他搭訕了～」

「咦～這種人絕對已經有女朋友了啦～」

看著那兩個女孩一邊開心交談、一邊穿越斑馬線的身影，愛藏露出無法釋懷的表情。

（為什麼光是從門口退開的動作，就可以讓她們這麼開心啊？）

相同情況發生在愛藏身上時，對方多半會向他道歉：「不好意思！」而且，一旦目光對上，對方還會加快腳步匆匆離去。他不知道自己跟哥哥之間有什麼不同，是笑容的差異嗎？

面對女孩子的時候，勇次郎臉上永遠都帶著笑容。他光是微笑，似乎就能讓大部分的女孩子卸下心防。

（我……平常總是擺著一張臭臉嗎？）

愛藏時常會跟班上的男同學或工作人員聊天，真要說的話，應該也算是很常展露笑容的人。

他只是不擅長用來討好別人的笑容、或是沒有意義的乾笑而已。

愛藏無法露出虛假的笑容。明明不覺得有趣或開心，卻要勉強堆出笑容的時候，他的表情總會變得很僵硬。

在MV中登場的公主，設定上是一名因為某種理由而「忘記如何露出笑容的公主」。為了讓她再次展露笑容，西之王子和東之王子溜出自己的國家，來到她的身邊——大概就是這樣一個故事。

「該怎麼做，才能讓女孩子對自己笑呢……」

這麼輕喃後，愛藏望向天空。他呼出來的氣息，化為一片白濛濛的霧氣。

不是堆出來的虛偽笑容，而是真正發自內心的笑容——如果他的臉上也能夠一直掛著這樣的笑容，那該有多好呢。

便利商店的自動門敞開後，拎著塑膠袋的哥哥從裡頭走出來。

將手機貼上耳畔的他，看起來正在開心地跟某人講電話。

愛藏凝視著這樣的他的背影，將雙手緊緊握拳，然後踏出腳步。

他渴望了解的，是能夠讓他人展露笑容的「魔法」——

跟著哥哥在轉角處拐彎後，愛藏來到一條旁邊是堤防、看不到什麼行人的靜謐小路。

原本應該走在前方的哥哥，不知何時消失了蹤影。

「咦？」愛藏停下腳步。

（他跑到哪裡去了啊……？）

在愛藏忙著環顧周遭的時候，小黑從大衣裡探出頭來。

這裡不是什麼錯綜複雜的巷弄。也沒有會讓人不自覺踏進去的店家。

lesson8
～課程８～

這個地方只有住宅、幼兒園，以及鬱蓊林木圍繞的神社而已。

（他應該不至於……發現我在跟蹤他，所以為了甩開我而繞路吧？）

愛藏在石子階梯前停下腳步，抬頭望向位於上方的神社。兩旁有燈籠並排的石子階梯上，看不到其他訪客的蹤影。

（感覺應該也不是特地來這裡的神社……）

愛藏摘下帽子，嘆了一口氣。

「我到底在幹嘛啊……」

把難得的假日花在跟蹤哥哥上，實在是一件很空虛的事。比起這麼做，在家裡看演唱會的ＤＶＤ，恐怕還對自己更有幫助。

他轉身，決定放棄繼續跟蹤哥哥。

再次抬頭仰望神社的石子階梯時，一旁的樹木枝葉被風吹得沙沙作響。

這裡的樹木，有些葉片不斷凋零，有些則是常綠植物。

（原來這種地方有神社啊……）

雖然離家不遠，但愛藏卻完全沒發現。可以窺見豎立在石子階梯上方的鳥居。

「這裡是……」

這時，愛藏突然想起自己很久以前來過這裡的一段回憶。

眼前的石子階梯、鳥居和老舊的燈籠，他都有印象。

在記憶之中，年紀還很小的自己，跟穿得很正式的哥哥手牽著手，一階一階慢慢爬上石子階梯。

努力爬樓梯的他，還不忘唱著在幼兒園玩遊戲時經常會唱的那首歌。

「這孩子真的很喜歡唱歌呢。」

聽到這樣的聲音，愛藏轉過頭，發現父母笑瞇瞇地望向自己。

像是細小碎片那樣殘留在腦海裡的光景——

那天，是哥哥參加七五三慶典的日子。完全不記得自己的七五三是怎麼度過的，卻清楚記得哥哥的，這未免也太奇怪了。

「還真懷念啊……」

愛藏輕撫小黑的背，然後微微瞇上雙眼。

（或許，還是曾經有過令人開心的事呢……）

lesson8

～課程8～

隔天，勇次郎和愛藏試穿了MV用的戲服、又跟眾人一起開完會後，就前往舞蹈教室上課。

踏出事務所後，兩人肩並肩往前走。

「對了，最近內田小姐好像經常開車載你去哪裡對吧？那是在幹嘛？」

前幾天，兩人一起上完訓練課程後，經紀人內田便開車載著勇次郎一人，不知前往何處。

一雙眼睛望著前方的勇次郎，以「祕密」兩個字淡淡回應。

雖然很在意，但他八成不打算告訴自己吧。

外頭是看起來似乎快要下雪的天色。即使穿著厚大衣，身體的熱度仍慢慢被奪走。

（早知道就圍圍巾出門了……）

走在身旁的勇次郎，將半張臉都埋進圍巾裡頭。

他戴上手套的雙手，也看似很怕冷地插進大衣口袋裡。

「攝影是要在戶外進行吧？萬一下雪的話，要怎麼辦啊……」

下週就要開始拍ＭＶ了，但根據氣象預報，到時很可能會下雪。不知道拍攝工作會不會因為天氣影響而延期。

「聽說會先拍室內的場景，戶外的攝影之後再另外找時間進行。」

「你……有辦法扮演出王子的形象嗎？」

這陣子以來，愛藏都不曾和勇次郎一起練習，所以不知道他的情況如何。

「……那你呢？」

「我……已經完全沒問題了。我覺得應該很完美。」

勇次郎笑著以「什麼跟什麼啊」回應。

「我可不會輸給你喔。」

「噢，這樣啊。」

「我絕對不會輸給你。」

「加油嘍。」

（竟然一副游刃有餘的樣子……）

他可是勇次郎。想必一定有偷偷進行特訓吧。

(只剩下一星期左右的時間了呢……)

從公園外頭經過時，一陣開心的嬉鬧聲傳來，讓愛藏停下腳步。

坐在長椅上的，是哥哥跟那個雙馬尾的長髮女孩。

(那傢伙……竟然把小黑帶出來陪他約會？)

看到愛藏一臉無言以對的表情眺望這片光景，勇次郎也跟著停下腳步，朝公園裡頭望去。

被女孩抱在懷裡的小黑，正在用頭蹭她的臉頰撒嬌。

因為很癢，女孩被逗得笑出聲來。一旁的哥哥則是帶著笑容看著這樣的她。

浮現在他臉上的，是愛藏從未見過的溫柔表情。

(啊啊，原來如此……)

希望自己珍惜的人展露笑容、感到開心。

這樣的心情，愛藏也能夠體會。

當他站在舞台上唱歌時，父親、母親和哥哥都露出了笑容。前來會場的眾多觀眾們也笑了。為此開心不已的愛藏，在這之後，無論身處何處、無論什麼時候，都一直在唱歌。

因為他相信，只要自己唱得更好，大家一定會露出更多笑容。

總是不停爭吵的父母，只有在比賽那天的回家路上，以比平常開心許多的語氣跟對方交談。這讓愛藏感到很開心。他想著，要是自己在歌唱比賽中拿下冠軍，父母一定就會和好如初——

愛藏緩緩垂下頭，凝視自己在地面上拉長的影子。

過去，他以為自己的歌聲裡蘊藏著魔法。

聽到他唱歌的人，都會因為魔法而露出開心的笑容。

（真的很單純呢……）

能讓人展露笑容的魔法並不存在。即使他繼續唱歌，父母也並沒有因此再對他笑。

打從一開始，自己的歌聲就沒有任何力量——當愛藏察覺到這一點時，他唱歌的理由也跟著一起消失了。

其實，他很清楚哥哥為什麼會開始戴上那張笑容面具。

即使不是發自內心，但只要維持笑容，就能繼續當「一家人」——

這就是他守護這個家的方式。自己明明應該再清楚不過才對——

抬起頭之後，愛藏發現哥哥望向自己所在的方向，臉上也沒了原本對身邊那個女孩露出的笑容。

一家人一起露出開心笑容的那段時光，恐怕不會再回來了吧。

中斷這段時光的不是別人，正是愛藏自己。他不認為這樣的自己能獲得原諒。

只是，如果有一天，一家人能夠再次齊聚一堂的話。

僅限於這次也無所謂。

希望大家可以像他站上比賽舞台唱歌時那樣。

露出開心的笑容——

看到甄選會的宣傳海報那天，愛藏在內心這麼祈禱。

就在愛藏皺眉、雙唇也緊緊抿成一條線的時候，突然有人伸手捏他的臉頰。

他吃驚地轉頭，結果發現勇次郎站在一旁看著自己。

「你幹嘛啦，很痛耶……」

「因為我看你好像站著睡著了。」

將手從愛藏臉上移開後，勇次郎將食指抵上眼睛下方，然後吐舌扮鬼臉。

（這是怎樣啦……）

愛藏不禁「呵」地笑出聲，然後跟勇次郎一起踏出腳步。

「啊！好痛喔，小黑。你的爪子抓得我好痛！」

哥哥的聲音從公園裡傳來。似乎是小黑企圖沿著他的背往上爬的樣子。

一旁的女孩子見狀，終於忍不住笑出聲。

「是因為你沒有好好幫牠剪指甲吧？」

「這不是我負責的工作……好痛好痛！」

這樣的對話傳入愛藏耳中。

（飼主是你好嗎。）

愛藏這麼想著，將頭轉回來面向前方，快步從公園外頭走過。

他的嘴角泛著淺淺的笑意。

他想再次試著相信。

相信讓人展露笑容的魔法必定存在——

我們的眼中
就只有妳，

lesson9 ~課程9~

讓妳看到了
我們認真的模樣。

× lesson 9 ～課程9～

一

勇次郎坐在三樓最後方的座位上，遠眺父親在舞台上發揮充滿魄力的演技身影。

在練習時，父親幾乎不會露出笑容。就算只犯一點小錯，也會被嚴厲的他出聲斥責。一開始，這樣的父親讓勇次郎很害怕。印象中，他也總是為了不要惹父親生氣，而使出渾身解數。

不過，父親有一次罕見地稱讚了他。

「勇次郎，你學東西很快呢……」

他回想起父親這麼說，然後將手放在他的腦袋上的光景。

光是這樣，就讓勇次郎欣喜不已。因為一心想再次聽到父親的稱讚，在那之後，每天的練習變得很開心，而他也不再覺得父親可怕了。

他想回應父親的期許，也總是告訴自己：「這就是我的責任。」

勇次郎認為，倘若能獲得父親認同，他就可以繼續待在這個「染谷家」。

放學後，班上的同學經常會一起到操場上踢足球、或是打棒球。但勇次郎總是回絕他們的邀約而直接返家，並在放下書包後隨即踏進家中的練習場。

不知從何時開始，這成了勇次郎理所當然的日常。

他不太會想跟其他朋友一起玩樂。因為他明白，比起這個，家裡的事務要來得重要許多。

他想和父親，以及其他演員一起站上那個舞台。

只要努力，這樣的夢想一定能實現。勇次郎對此深信不疑。

在明確聽到「我無法讓你繼承我的名號」這句話時，他才明白事實並非如此。

因為你的表演，沒有能吸引他人的風采——

勇次郎只能垂著頭，沉默地聽父親道出這樣的評價。

無論多麼努力，他都無法站上舞台，他沒有這樣的資格。

到了這一刻，他才終於明白，這是打從自己出生時便已成定局的事。

在那天之後，父親不再對他說「到練習場來」這樣的話。

即使同住一個屋簷下，那個練習場卻成了勇次郎無法踏進去的場所。

他只能在經過外頭的走廊時，默默聽著從練習場裡傳出來的父親和弟弟的聲音。

儘管已經沒有必要，他還是繼續去上日本舞和歌謠的訓練課程，或許就是因為內心仍有些許無法乾脆放棄的依戀吧。

他無法接受這樣的結果。在勇次郎內心的某個角落，仍有著「或許是哪裡搞錯了」這樣的想法——

公演結束後，勇次郎步出展演廳，看完表演的眾多觀眾陸陸續續走出來。

心情仍很亢奮的這些觀眾，帶著笑容討論著方才的舞台表演。

目送這樣的觀眾走遠時，勇次郎的臉頰傳來一陣冰冷的觸感。

他望向被厚重雲層遮住的天空，發現了乘著風漫天飛舞的雪片。

lesson9
～課程9～

可以讓自己容身的地方，究竟在哪裡呢？

願意對他說「我需要你」的人又在哪裡呢？

勇次郎一直在尋找。

不過，他現在已經找到了——

再怎麼期盼，都無法前往的那個光芒四射的世界。

現在，那不再是只能憧憬的世界，也不是僅出現在夢中的世界，而是會成為「他們的現實」的世界。

這一刻，倘若只有自己一個人的話，勇次郎一定無法抬頭仰望吧。但因為他們有兩個人——

個性合不來，所以老是跟自己起爭執的搭檔。儘管如此，他們渴望的是同樣的事物。

有件事，勇次郎一直在思考。

站在舞台上所見的景色，究竟是什麼樣子的呢？

向來只能從觀眾席看出去的這片景色，有朝一日，他希望能站在舞台上看一看。

屆時，他希望自己再也不是無人需要的，而是受到許許多多人企望的對象。

自己的價值，他會靠自己來證明。

但願自己能成為其他人的光明。成為其他人的希望。

勇次郎微微垂下眼簾。雪花落在他的睫毛上。

隨後，他將視線筆直望向前方，踏出步伐，和開心談笑的人們擦身而過。

倘若有需要自己的人存在，他就能夠變成任何模樣——

從夜晚開始降下的雪，到了早上，仍不停從空中紛落。

勇次郎和愛藏搭上經紀人內田的車，前往位於郊區的度假飯店。

lesson9

～課程9～

為了布置會場，相關工作人員似乎昨天就住在那裡。

走下車後，停車場也呈現一整片的銀白色。

「總覺得……讓人有些緊張耶……」

「你是太過期待，結果興奮到昨晚睡不著覺嗎？」

看到勇次郎轉動眼球望向自己這麼調侃，愛藏有些逞強地回應：「你在說什麼啊，我睡得超熟好嗎！」然而，他的雙眼看起來就是一副睡眠不足的樣子。

其實，勇次郎也是一樣的。才睡了兩小時，他便完全清醒過來，只好起床反覆熟讀劇本，或是確認今天的工作排程。

「要走嘍～！」

聽到提著行李的經紀人內田這麼催促，兩人各自將臉別向一旁，然後踏出步伐。

踏進飯店正門的玄關後，映入眼簾的，是眾多工作人員們忙碌奔走的身影。

大廳完全成了他們的行李集中區。

兩人以「「大家早安！」」開口打招呼後，此起彼落的「早安～！」回應了他們。

「勇次郎和愛藏已經抵達了～！」

一名男性工作人員這麼大喊通知其他人。

兩人跟著經紀人內田穿越一旁的走道，走向位於後方的相關人員休息室。

窗戶外頭似乎就是中庭。可以看到幾名身穿工作人員外套的人正在努力剷雪。

「等等，這樣真的來得及嗎！」

「嘎～天啊，上面的雪灑下來了！」

「就是得把它們弄下來才行啊。妳站在那邊的話，會被灑得滿頭滿身喔～」

「我拿吹風機來了，這裡有插座嗎～？」

「只有這種的嗎～？我們需要風更強的才行啦～！」

「花山花店的玫瑰送到了，要放在哪裡～？」

「現在不是討論這個的時候～！千代，救命啊～」

「之後CG組會想辦法處理。他們可是萬能的呢。」

像這樣熱鬧的人聲從外頭傳來。

「感覺很辛苦耶……」

「雪看起來還會繼續下，這樣要怎麼辦啊……」

lesson9
～課程9～

「你們兩個，往這邊走～」

勇次郎和愛藏擔心地停下腳步時，經紀人內田的呼喚聲傳來。

休息室大門上貼著一張寫著「LIP×LIP 休息室」的紙。

兩人見狀，不禁發出「「喔喔！」」的感嘆聲。

「是我們專用的休息室耶！」

「快點進去吧。時間不夠嘍～！」

被經紀人內田拍了一下背之後，兩人連忙踏進休息室裡。

一開始的攝影是在室內進行。

來到被布置成會場的宴會廳之後，兩人發現裡頭聚集了不少臨時演員。

其中，甚至還有幾名穿著一身盔甲、負責扮演衛兵的人。勇次郎和愛藏目瞪口呆地眺望他們在會場裡走動的身影。

「這些人……是從哪裡募集過來的啊。」

「應該是找大學生過來打工吧？事務所有提到會另外招募臨演的事。」

「哦～這樣啊。你老是知道一些奇奇怪怪的事情耶。」

「純粹是因為你老是在發呆而已吧？」

環顧宴會廳時，兩人瞥見換上一襲晚禮服、正在跟女性經紀人說話的聖奈。

看到勇次郎和愛藏，她捧起禮服下襬朝兩人跑過來。

在禮服下方，可以窺見她穿著飯店的客用拖鞋。途中，或許是因為拖鞋差點從腳上滑落吧，她稍微踉蹌了一下。

「早安。今天還請你們多多指教！」

聖奈鬆開揪著裙襬的手，滿面笑容地朝兩人低頭鞠躬。

「請多多指教！」

愛藏有些緊張地用力一鞠躬回應。勇次郎已經在舞蹈訓練課和聖奈互動過很多次，但愛藏今天是頭一次跟她打照面。

「早安，成海小姐。」

勇次郎也露出微笑回應。

「今天好冷呢，不過，我們一起加油吧！」

聖奈雙手握拳這麼表示。

lesson9

～課程9～

（但妳看起來很熱耶……）

語畢，聖奈「呼～！」地吐出一口氣，然後以雙手為自己搧風。

不知道是不是錯覺，她的臉頰看起來紅通通的。或許是暖氣開得太強了吧。這個宴會廳比走廊要來得暖和許多。

又或者，她也因為第一次的ＭＶ拍攝工作而感到緊張？

「成海小姐～麻煩妳確認一下～！」

聽到工作人員的呼喚聲，聖奈以「來了～！」回應。

「那等等見嘍！」笑著向兩人道別後，聖奈再次捧起自己的禮服下襬奔跑離去。

經紀人內田在一旁和聖奈的經紀人說話。

目送著聖奈遠去的背影時，「噯……」愛藏向勇次郎搭話。

「她為什麼穿著飯店的拖鞋啊？」

「天知道。或許是忘記帶鞋子來了？」

「造型師怎麼可能忘記這種事啊。」

「不然，就是在下樓梯時弄掉了吧？」

「也可能是魔法失效後，鞋子就會變成一雙拖鞋呢。」

說著，兩人對上視線，然後一起「噗！」地笑出聲。

在一切準備就緒後，「要開始拍嘍～！」傳來一道提醒聲。

「你可不要一直NG喔，不然很丟臉。」

「你才是咧。要是表現出看起來像是還沒睡醒的演技，我可會毫不留情地痛毆你一頓。」

「你對誰說這種話啊？給我記著。我會把你打得灰頭土臉。」

「那我就會反將你一軍。」

兩人這麼鬥嘴，然後往前大大跨出一步。

「你們倆給我站住！」

這時，經紀人內田突然伸出手，從後方揪住兩人的衣領。

「你們兩個可是來自夢幻國度的王子喔。別擺出這種會讓茱麗葉想要逃跑的可怕表情！」

說著，經紀人內田在兩人面前「啪！」地拍了一下手。

lesson9
～課程９～

「來，露出笑容！」

兩人反射性地擺出露齒燦笑的表情。

「ＯＫ～！今天一整天，都得維持這樣的笑容喔！」

「「是～」」

這麼回應後，兩人朝宴會廳中央走去。

「我可不會輸給你。」

「隨便你怎麼說啦。」

這麼朝彼此下戰帖後，兩人將頭轉向一旁，然後輕笑。

舞蹈隨著樂團的演奏聲揭開序幕。

在身穿華麗禮服和正式服裝的臨時演員包圍下，勇次郎邀請聖奈走到宴會廳正中央，兩人配合節奏開始跳起華爾滋。

聖奈帶著一臉僵硬的表情，「一、二、三、一、二、三」地輕聲數拍子。

看到聖奈忍不住又要垂下頭，勇次郎以有些強硬的動作將她拉向自己。

「不要垂下頭……」

他在聖奈耳畔這麼輕喃。後者吃驚地抬起頭來。

勇次郎鬆開一隻手，聖奈跟著輕快地一個轉身，禮服下襬因此微微揚起。

朝她的腳下瞄了一眼後，映入勇次郎眼簾的是高跟鞋的鞋尖。

（不是拖鞋啊……）

他的嘴角不禁微微上揚。

應該是在開始拍攝前才換上的吧。或許是因為穿高跟鞋穿到腳痛，聖奈才暫時改穿拖鞋。

兩人的腳隨著節奏輕盈地踏出舞步。

視線對上後，他們發現彼此臉上都浮現了笑容。

二

室內攝影在上午告一段落後，便迎來短暫的休息時間。

lesson9

～課程９～

下午原本預定要進行戶外的攝影工作，但中庭的布景似乎遲遲沒有完成，所以延宕了一陣子。

愛藏眺望著工作人員們忙碌穿梭的身影，啜了一口劇組為自己準備的咖啡。

（好……好冷啊…………！）

雖然已經穿上羽絨外套，但靜靜待著不動的話，指尖就會凍到變得僵硬。他以裝有熱咖啡的紙杯暖手，然後吐出一口氣。

眼前的工作人員遠比自己要來得辛苦，所以，他也只能耐著寒冷的氣溫慢慢等待。

（不知道還會花上多久時間……）

室內的攝影工作在十分順利的狀況下結束。因為室內的ＭＶ是以勇次郎為主，愛藏參與的場景並不多。相對的，後半的拍攝內容便是以愛藏為中心。

「對不起喔，愛藏～再等我們一下下！」

一名女性工作人員跑過來對愛藏雙手合十，一臉愧疚地這麼說。

「不，完全沒關係的！」

「我這邊有肉包、豆沙包、咖哩包、比薩包跟巧克力包，你要吃哪一種？」

這麼問的她，兩手提著便利商店的塑膠袋。

「妳買了這麼多種口味回來嗎？」

「對呀，因為大家喜歡的口味都不一樣嘛～我今天還買到了一個期間限定的特大肉包……你要吃這個嗎？」

說著，女性工作人員俐落地從塑膠袋裡取出特大肉包，將它遞給愛藏。

「謝謝妳……」

（好大一個……！）

這個特大肉包比一般肉包的尺寸大上一圈。

（我才剛吃完便當，所以肚子還滿飽的……）

「那麼，後半的拍攝工作加油嘍～！」

女性工作人員揮了揮手，接著便趕往在一段距離外休息的勇次郎身邊。

（那傢伙……原來在那種地方嗎……）

因為沒看到勇次郎的身影，愛藏原本以為他回去休息室了，結果他一直都待在暖爐前方。

愛藏之所以沒發現他，是因為勇次郎用毯子把自己從頭到腳全都包住。

他抱著雙腿，一動也不動地在椅子上縮成一團。

lesson9

～課程9～

（又不是雪人……）

看著他用毛茸茸的純白毯子包住自己的模樣，愛藏不禁竊笑。

「聖奈，小心不要讓禮服下襬被雪弄濕嘍～！」

「好的～！」

來到外頭的聖奈，捧起禮服的下襬，小心翼翼地避開潮濕的場所行走。

她的腳上穿的不是拖鞋，而是普通的鞋子。

來到愛藏身旁後，她像是有些疲倦般「呼～！」地吐出一口氣。

「…………成海小姐，妳不會冷嗎？」

聽到愛藏這麼問，聖奈帶著一臉「咦？」的表情轉過頭來。

「我不要緊的。謝謝你替我擔心！」

笑著這麼回答後，她將視線移向愛藏手中的特大肉包，然後驚呼：「啊！好大的肉包喔。」看她直直盯著肉包的樣子，大概是很想吃吧。

「……不嫌棄的話，這個給妳吃吧？我現在肚子滿飽的呢。」

「咦！可以嗎？謝謝你～～！那我開動了！」

聖奈從愛藏手中接過特大肉包，大大咬下一口。

「好好吃喔～～！」

「妳沒有吃便當嗎？」

「因為我現在都只能吃香蕉跟沙拉而已呢……」

聖奈以雙手捧著特大肉包，露出難過的表情這麼回答。

「咦！原來是這樣啊……」

愛藏和勇次郎吃的是份量滿滿的炸豬排三明治。其他工作人員也是。

（只有成海小姐不一樣嗎……？）

或許因為她是模特兒，所以經紀人在這方面才特別講究吧。

可是，今天一整天都得忙著拍ＭＶ，只吃香蕉跟沙拉，體力恐怕會撐不下去。

「之後得重新塗一次口紅呢……感覺會被造型師罵！」

聖奈一邊這麼說，一邊大啖肉包。

「我的外套借妳穿吧？」

愛藏以帶著幾分客套的語氣這麼提議後，聖奈搖搖頭表示：「不，沒關係的。」

聖奈現在穿著肩膀和手臂都袒露在外的禮服，照理說應該很冷才是，但她看起來卻一臉泰然自若。

（太強了……果然因為她是專業的嗎……）

不過，也有可能是她其實很冷，但顧慮到其他工作人員，所以才沒有表現在臉上。

（她的這種地方……我也得好好學習才行。）

聖奈比愛藏等人更早就出道了。

她是模特兒，愛藏和勇次郎則是偶像藝人。儘管職業不同，她仍是兩人的業界前輩。

「十分鐘後開始拍攝～！」

工作人員的通知聲傳來後，聖奈回應一聲：「好的～」

「好，要上嘍……！」

愛藏像是鼓舞自己似的輕喃，然後脫下羽絨外套。

一直持續到晚上的拍攝工作結束之後，眾人在作為舞會會場使用的宴會廳裡舉辦慶功宴。

工作人員、臨演和相關人士齊聚一堂，一邊享用自助式餐點和飲料，一邊開懷暢談。

「愛藏，辛苦嘍～！今天的拍攝，你們倆都表現得非常好呢！」

走在宴會廳裡時，一名捧著啤酒杯的女性工作人員朝愛藏這麼搭話。

愛藏露出笑容以「謝謝妳！」回應。

「這個給你跟勇次郎喝～」

說著，對方將兩只酒杯，以及一只看起來很高級的酒瓶遞給他。

「咦！那個……我們還是未成年……」

「不要緊、不要緊！那是無酒精飲料啦～！」

聽到她這麼說，愛藏望向酒瓶，才發現裡頭裝的是氣泡果汁。

「我比較想喝咖啡耶……」

這麼自言自語後，愛藏拎著酒杯和酒瓶，開始尋找勇次郎的身影。

原本以為他會在某處跟工作人員聊天，但會場裡到處都沒看到他。

經紀人內田正在和聖奈、還有聖奈的經紀人聊天。

現在，聖奈和愛藏都還穿著拍攝MV用的戲服，而其他臨演也都還沒換下衣服，所以現場看起來有種變裝舞會的感覺。

「喂，聽說有烤牛肉耶！」

lesson9
～課程９～

「真的假的～！快走吧，在被別人吃光前先大快朵頤一番！」

扮演衛兵的人，穿著一身感覺很笨重的盔甲，快步從愛藏眼前走過。

眺望他們的背影片刻後，愛藏像是突然想起什麼似的輕喃：「啊，對喔。」然後朝四周張望。

「他跑到哪裡去了啊……」

是因為累了，所以回休息室了嗎？畢竟攝影工作從今天早上一直持續到現在，精力耗盡的勇次郎，說不定是躲進休息室裡頭睡覺了。如果是這樣的話，倒沒有必要特地去找他；但他不在會場一事，實在讓愛藏有些在意。

因為想不到其他勇次郎可能去的地方，愛藏朝宴會廳的出口走去。

途中，他不經意地朝玻璃門外頭望去，結果看到勇次郎佇立在陽台上的身影。

（原來那傢伙在那種地方……）

愛藏打開大門來到陽台上，外頭的冷風吹得他直打哆嗦。

「嗚，好冷！」

他這麼叨唸著關上門後，勇次郎轉過身來。

手上還端著一個盛著好幾塊蛋糕的盤子。

「你為什麼待在這種像是冰箱內部的地方吃蛋糕啊。」

「因為裡頭太吵了。」

勇次郎的身旁有一台大型暖爐。是攝影時使用的設備。

想必是善解人意的工作人員替他搬過來的吧。

（我還想說這傢伙為什麼不在會場裡，原來……）

嘆了一口氣之後，愛藏走到勇次郎身旁，將酒瓶和酒杯放在桌上。

「那是什麼……？」

「工作人員說要給我們喝的果汁。」

「哦……」

勇次郎把臉轉回正前方，又起鮮奶油蛋糕上的草莓塞進口中，臉上也跟著浮現淺淺的笑容。

「在吃甜食的時候，你的心情就很好耶。」

「我不會分你喔。想吃的話自己去拿。」

「沒人要打你的蛋糕的主意啦。是說，你還真能吃耶。」

「我肚子餓了啊。」

lesson9
～課程９～

「……畢竟今天一直在活動身體呢。」

（烤牛肉不知道還有沒有剩……）

愛藏望向燈火通明的宴會廳內部，結果聽到勇次郎發出類似笑聲的聲音。

他望向身旁，發現勇次郎垂下頭，以握著叉子的那隻手掩著嘴，雙肩還不停輕輕顫抖著。

「你在笑什麼啦……」

「我想起某人從高塔上摔下去的模樣……！」

勇次郎所說的，是愛藏為了見公主一面，而從高塔外牆往上爬那一幕的ＮＧ意外。

「因為外牆被雪打濕了，所以我也沒辦法啊……那是不可抗力的意外事故啦！」

「兩次都是？」

「對啦，抱歉喔！」

愛藏鼓起腮幫子，帶著一臉不甘的表情別過臉去。

「噯……這樣的話，是哪個王子獲勝了啊？」

「……天知道，應該是你吧？」

「咦！你……幹嘛突然這麼說啊。」

愛藏困惑地望向身旁，發現勇次郎瞇起雙眼眺望遠處的景色。

「如果是ＮＧ王子選拔賽，你無庸置疑絕對是冠軍。」

帶著調侃語氣這麼說之後，勇次郎又「噗！」地笑出聲。

「什麼時候舉辦過這種選拔賽啦～？」

（這傢伙果然不會輕易說出認同我的話呢……）

想到自己差點把勇次郎的發言信以為真，愛藏不禁皺起眉頭。

「不知道拍出來的成果怎麼樣……真想早點看到。」

愛藏將背倚上陽台的欄杆，交握的雙手抵上後腦勺。

雖然沒有出聲回應，但勇次郎臉上浮現了溫和的笑容。

（終於走到今天了啊……）

心中的夢想一個接一個逐漸成形。

過去讓他判斷絕對無法實現、因為覺得做不到而放棄的那些事情，現在，他終於來到伸出手就能觸及它們的地方。

lesson9
～課程9～

「…………要是沒有你在，我說不定沒辦法做到呢。」

勇次郎轉過頭「咦？」了一聲。愛藏的這句話，想必出乎他的意料吧。

察覺到自己說出原本沒打算說的發言，也讓愛藏頓時有些手足無措。

「呃，就是……該怎麼說呢，感覺我們能夠很順利地各司其職……我的意思是，我們終於也比較有個樣子了啦！」

「我想問你一個問題。你覺得我們倆之中，誰是這個團體的隊長？」

「還用問嗎？當然是我啦。從身高來看的話。」

「為什麼是用身高來決定啊？這根本不公平吧？再說，我們的身高也沒差多少。」

「不然，比較早出生的人當隊長吧？」

「我們生日不是同一天嗎？」

「總覺得絕對是我比較早出生。大概早一個小時。」

「這種事不重要啦。反正我絕對不會把隊長的寶座讓給你。LIP×LIP前面的那個LIP是我。」

「你別擅自決定啦。前面那個LIP是我才對。你去當後面的LIP吧。」

「按照身高來看的話，當後面那個LIP的人應該是你才對啊。」

「你剛剛才說用身高來決定不公平吧～你真的活得很隨心所欲耶。」

「啥？優柔寡斷的人憑什麼說我啊。」

「我什麼時候表現得優柔寡斷了啊？」

「你每次去便利商店都會猶豫很久啊。只是咖啡的口味而已耶。」

「咖啡也有很多不同種類好嗎。你才是花了很多時間挑蛋糕吧？」

「我才沒有挑咧。因為我每種口味都拿了。」

像這樣持續鬥嘴片刻後，兩人像是感到疲倦似的重重嘆了一口氣。

因為他們突然領悟了「我們在冷得要命的陽台上做些什麼啊」這樣的事實。

對話中斷後，兩人望向夜空中靜靜飄落的雪花。

沉默片刻後，愛藏看似有些猶豫地將視線往下。

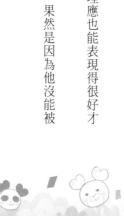

「我說你……為什麼……放棄歌舞伎了？」

這是他一直很想問出口的問題。就算在歌舞伎的世界，勇次郎理應也能表現得很好才是。之前在一旁觀摩他練習日本舞時，愛藏便湧現了這樣的感想。

勇次郎應該是以此為目標，才會不停努力至今。會放棄歌舞伎，果然是因為他沒能被選為家業繼承人的緣故嗎？

眺望著灰暗夜景的勇次郎默不作聲。

若無其事地朝他的側臉瞥了一眼後，愛藏移開自己的視線。

打從一開始，他就不期待勇次郎會回答這個問題。他只是很想問出口。純粹是這樣罷了——

「不，當我……………」

正當他打算說「當我沒問」的時候——

「因為我的表演……被說是沒有能吸引他人的風采。」

像是企圖含糊帶過和苦澀情感一起坦露出來的祕密那樣，勇次郎的臉上浮現微笑。

（啊啊，原來如此……）

這句話想必狠狠刺進勇次郎的胸口，一直折磨著他至今吧。

「吵死了，別再唱了啦！」

一如愛藏到現在仍無法遺忘這句暴躁的怒罵聲。

（我們……果然……是一樣的啊。）

至今，他們仍努力在和否定自己的言語奮戰。

今後想必亦是如此吧。他們還是會持續抵抗。

為了成為能夠抬頭挺胸活著的自己。為了成為讓自己也感到驕傲的自己。

愛藏瞇起眼，深吸一口氣之後抬頭仰望夜空。

（是我們的話，一定做得到吧……）

「……來乾杯吧。難得工作人員特地拿來給我們。」

愛藏望向果汁瓶和玻璃杯這麼說。以手撐在欄杆上托腮的勇次郎轉過頭來。

「為了什麼乾杯？」

「慶祝拍攝ＭＶ的任務順利結束……吧？」

扭開瓶蓋後，看到氣泡隨即湧現，愛藏連忙將裡頭的果汁注入杯中。

「還有……慶祝我們終於成功走到這裡。」

愛藏拾起玻璃杯這麼說之後，勇次郎也拾起另一個玻璃杯。

「「辛苦了。」」

稍稍傾斜的玻璃杯發出清脆撞擊聲後，兩人相視而笑。

經紀人內田捎來MV製作完成的消息時，已經是新年過後了。

愛藏和勇次郎來到事務所，在休息室裡觀看完成的影片。

啟動跟事務所借來的電腦，按下播放鍵後，影片隨即和兩人的歌聲一起被播放出來。

愛藏和勇次郎神色緊張地盯著這樣的畫面。

飯店的宴會廳、中庭和陽台，看起來都完全成了童話中的城堡光景。

在這樣的地方換上戲服、扮演王子的自己，看起來彷彿真的身處另一個世界。

老實說，從攝影結束到今天這段期間，愛藏和勇次郎一直都有點不安。

自己的表演有符合這首曲子的感覺嗎？有成功扮演出王子的形象嗎？

笑容自不自然？看起來會不會很「虛假」？這些，都讓他們忍不住憂心——

「如何？你們的感想是？」

兩人將整部MV看完後，站在一旁的經紀人內田這麼問道。

和勇次郎互看了一眼後，愛藏露齒燦笑。
「超棒的！」

（我有好好笑出來呢……）
離開事務所後，愛藏和勇次郎並肩在路上前進。
來到十字路口時，大型電視牆正在播放某個偶像藝人的ＭＶ。
在斑馬線前方停下腳步的兩人，視線都落在電視牆上。
「我們……看起來比想像中更像個王子耶。」
「對啊。」
「ＭＶ公開後，不知道會有多少人看到？」
「這個嘛……會有多少人呢？因為也會同時公開宣傳廣告，我覺得應該有不少人會看到。」
「希望會有很多人來看……這可是我充滿自信的作品呢！」
「要是把你從高塔上摔下去的ＮＧ片段也放進去就好了。至少穿插個零點一秒。」

「別再提這件事了啦。總之，我們就要成為偶像藝人了呢。」

話雖如此，但愛藏總覺得有那麼一點缺乏真實感。

就算像這樣走在路上，擦肩而過的行人也不認識他們。更不會回頭多看他們一眼。

此刻，他還無法想像自己像電視上的偶像藝人那樣，讓眾人為他們瘋狂尖叫的光景。

無論遇到多麼難受、煎熬的事情，無論有多麼辛苦，他們都只能一起克服，然後踩著通往更高境界的樓梯，一階再一階地往上走。

這就是兩人所選擇的道路。

因為自己夢想中的世界就在那裡——

「你再慢吞吞的，我就要丟下你不管嘍。」

臉上浮現調侃的笑容後，勇次郎隨即快步往前走。

愛藏有些吃驚地望向他的背影，然後「呵」地露出淺淺的笑容。

「等等啦。」

「我才不等～！」

勇次郎轉過頭，笑著吐舌扮了個鬼臉。

兩人像是要比賽誰跑得快那樣開始衝刺後，跟他們擦身而過的女高中生們轉過頭。

「那兩個男生滿可愛的嘛？」

「啊！真的耶～」

走過斑馬線後，紅綠燈也跟著變換號誌，馬路上的車輛同時動了起來。

柔和的陽光從雲朵暫時散去的天空灑落。

三個月後——

『我們LIP×LIP的全國巡迴演唱會——「茱麗葉」確定舉辦！』

愛藏和勇次郎的身影出現在大型電視牆上後，在路口等待紅綠燈的女高中生們欣喜地發出「呀～！」的尖叫聲。

『在全國各地等待的茱麗葉……我們現在就去見妳。』

經過此處的行人們，全都忍不住停下腳步望向在螢幕上微笑的兩人。

「是LIP×LIP的那兩人～！」

「我絕對要去看演唱會～！」

兩名女高中生興奮不已地這麼討論時，在他們身旁張大嘴巴、愣愣地仰望電視牆的，是一名穿著全新的櫻丘高中制服的女孩子。

她的雙眼瞪得老大，捧在手裡的書包也咚一聲掉在地上。

「LIP……LIP……？」

以困惑的語氣這麼喃喃唸道後，女孩雙腿一軟而跪了下來，雙手也跟著撐在地面上。

「大都會的男孩子……根本莫名其妙～！」

她的吶喊聲迴盪在十字路口。

放學後，柴崎健和友人幸大、虎太朗一起造訪了位於車站附近的電器行。

他們搭乘電梯，來到電視、音響設備、相機和電腦等產品並排在架上的樓層。

lesson 9

～課程９～

「柴健，你要去看手機對吧？那我可以去看一下相機嗎？」

走在前方的幸大，以雙手插在褲子口袋裡的姿勢轉身這麼詢問。

「你的『看一下』大概都要花上一小時吧。」

走在後方的虎太朗看似嫌麻煩地皺起眉頭。

「你之前要買新的釘鞋時，不也煩惱了很久嗎，虎太朗？」

「我只花五分鐘就決定了啊！」

「在那之前，你一共跑了三間運動用品專賣店喔～」

「幸大，我記得你之前才買了一台相機吧？你到底有幾台啊？」

「我今天想買的是鏡頭。」

「那種東西社團教室應該有吧？是校刊社要用的？」

「我們跟身為學校主力社團的足球社不一樣，沒有太多經費呢。相機跟鏡頭都是我自掏腰包買的。」

隨意聽著兩人對話的健，在播放音樂節目的電視前方停下腳步。

節目正在播放「羅密歐」的ＭＶ。

畫面中穿上華麗戲服展露笑容的兩人，讓他駐足眺望了片刻。

他不經意想起弟弟去參加歌唱大賽那天的事。

在會場大廳的走道上，弟弟一直緊握著他的手，遲遲不肯放開。

總是活力百倍，在家時甚至會一邊在沙發上彈跳、一邊唱歌的弟弟，這天卻帶著一臉像是在說「怎麼辦啊……」的不安表情沉默不語。

得知自己順利晉級歌唱大賽的總決賽時，弟弟原本還欣喜若狂；但到了正式上場前，他卻緊張得不得了。

被健伸手輕拍了一下背之後，弟弟抬起頭來。

沒事的——聽到健這麼對自己說，弟弟終於放鬆緊繃的神經露出笑容。

「那我去唱歌了，你要在台下看喔！」

弟弟鬆開原本緊握著他的手，然後奔向前方。

健和雙親一起目送這樣的弟弟的背影離去——

「柴健，你怎麼啦～？」

盯著電視畫面看時，幸大的呼喚聲傳入健的耳中。

lesson9
～課程９～

「沒什麼。對了～我等等想去唱片行一趟耶。」

以一如往常的輕浮語氣這麼回應後，健從整排電視前方走過。

剛才那段ＭＶ的旋律，此刻仍在他的耳畔打轉。

「去吧，你是我們家的驕傲——」

×epilogue ～終曲～

演唱會前一天，結束從頭到尾的完整彩排後，愛藏和勇次郎就這樣在舞台上佇立了片刻。他們聽著忙於布置場地的工作人員的交談聲，眺望著眼前的觀眾席。

明天，是他們第一次的全國巡迴演唱會「茱麗葉」的首場舉辦的日子。

有許多觀眾會為了兩人的歌聲而來到這個會場。

在短短幾個月前，無論是「ＬＩＰ×ＬＩＰ」這個團體名稱，或是愛藏和勇次郎的名字，都還是默默無聞的狀態。

出道曲「羅密歐」的ＭＶ，收到了遠超過眾人預期的熱烈迴響，兩人的名字也在轉眼間紅遍大街小巷。

老實說，他們原本還無法想像自己只是走在街上，就會引起一陣騷動的狀態。

外出購物時，他們也曾因為店裡突然開始播放自己的歌而嚇一跳。

聽到要舉辦簽名會和宣傳活動，兩人還手足無措地表示：「我們沒簽過名耶！」然後

epilogue
～終曲～

開始討論起要怎麼簽才好。

這一切都是他們第一次經歷的事情，因為這樣，感到不知所措的情況也偏多。

兩人壓根沒想到，自己所處的世界，竟然會出現如此急遽的變化。

一年前，照進那個沒有希望的世界裡的一道光芒。

自己當初尋覓到的夢想，現在成了許多人共通的夢想。

無論發生什麼事，他們都會守護這個夢想到最後。

把遲遲未能醒來的美夢——轉變成現實。

每個人都經歷過的，總是無法順心如願的日常。

有時會無法展露笑容。

有時會弄得渾身濕透，再也無力從原地起身。

有時會痛苦得想要逃離一切。

有時只能垂下頭強忍淚水。

有時會因為不安寂寞而不停顫抖。

忘記這一切，然後逃走吧。
為了讓自己能夠永遠保持笑容。
為了讓自己不再終日以淚洗面。
為了讓自己逃離無趣的每一天，變得能夠打從內心享受生活。

痛苦難受的時候，無論距離多麼遙遠，我都會趕到妳身邊。
感到不安的日子，我會陪伴妳直到天明。

來，出發吧。
前往夢之國度。

讓我們認真起來的女孩。
妳的名字是「茱麗葉」——

The end

HoneyWorks
成員留言板！

× Gom

感謝大家長久以來
對「羅密歐」的
厚愛。
小說也請多多指教！

Gom

× shito

感謝將「羅密歐」小說化的企畫!!
LIPXLIP是從羅密歐開始的。
如果這兩人和歌曲都能得到大家的喜愛，
我會很開心。

×ヤマコ

「羅密歐」

小說化的企畫大感謝!!

羅密歐是 LIPxLIP 的第一首歌曲、同時也是第一部 MV，因此是讓我感觸良多的一部作品。在這部 MV 裡，我把令人憧憬的偶像、以及理想中的王子畫成極度耀眼又閃亮的存在，真的很開心!!若是大家能透過本書見識到兩人生澀的模樣、以及不為人知的另一面…?然後更喜愛他們的話，我會很開心。

×モゲラッタ

支援成員！

×Oji

謝謝大家閱讀本書!!
勇次郎跟愛藏
我都超級喜歡!!
副歌插入的喝采聲到底是「Chu×3」
還是「Jump×3」，感覺好難分辨呢。
我都會用看演唱會的方式
來轉換心情喔！

Oji

×AtsuyuK!

從這裡開始的
逐夢故事。
LIP×LIP 的兩人
給了我很好的刺激呢！

AtsuyuK!

×ziro

我買了VR裝置。
期盼有一天能看到
VR版的LIP×LIP。

Ziro

×宇都 圭輝

好想變成
羅密歐啊…

cake

×中西

其實我跟 LIP×LIP
參加過同一場
甄選會喔。
我只在這邊說。

G+ 中西

×Kaoru

賀 羅密歐
小說化!!
KAORU

×Kotoha

恭喜羅密歐
小說化 !!

我覺得 LIP×LIP 兩人的歌曲
有種能帶給人勇氣的神秘力量喲
謝謝團隊每次都創作出這麼棒的歌曲!
Kotoha

×kyo

恭喜羅密歐
小說化 !!

今後也請繼續用
迷人的歌聲來魅惑
所有的「茱麗葉」吧!!
kyo

×コミヤマリオ

恭喜「羅密歐」
小說化!!
愛藏和勇次郎
都超級帥氣呢!!
コミヤマリオ

恭喜新作發行!!
看到自己也相當喜歡的歌曲「羅密歐」
小說化，我覺得非常開心。
讓茱麗葉傾心的 LIP×LIP 的故事，
我們一起開心地反覆讀個好幾遍吧!!
Hanon

×Hanon

×裕木レオン

我就是
茱麗葉
喲
レオン

超級兄控
浜千鳥
Chidori Hama
3
反派千金轉職成
Brother Complex ni Job Change Shimasu
Akuyaku Reijou
Kadokawa Fantastic Novels

三角的距離無限趨近零 1~6 待續

Kadokawa Fantastic Novels

作者：岬鷺宮　插畫：Hiten

我愛上的那個女孩體內住著兩個靈魂──
與雙重人格少女譜出的三角戀愛故事。

秋玻與春珂人格對調的時間再次開始縮短。我能跟她們兩人在一起的寶貴時光，以及雙重人格都要結束了。然而，為了我自己，也為了她們兩人……我還是要做出抉擇。不久後，我在她們兩人身後隱約見到的「那女孩」是──

各 NT$200~220/HK$67~73

國家圖書館出版品預行編目資料

告白預演系列. 14, 告白執行委員會 青春偶像輯
羅密歐/HoneyWorks原案；香坂茉里作；咖比獸
譯. -- 初版. -- 臺北市：臺灣角川股份有限公司,
2022.03
面；　公分. -- (Kadokawa fantastic novels)
譯自：告白実行委員会 アイドルシリーズ ロメオ
ISBN 978-626-321-280-0(平裝)

861.57　　　　111000485

Kadokawa
Fantastic
Novels

告白預演系列14

告白執行委員會 青春偶像輯 羅密歐

(原著名：告白実行委員会 アイドルシリーズ ロメオ)

2022年3月21日 初版第1刷發行

原　案：HoneyWorks
作　者：香坂茉里
插　畫：ヤマコ
譯　者：咖比獸

發行人：岩崎剛人
總編輯：蔡佩芬
副主編：林秀儒
美術設計：宋芳茹
印　務：李明修（主任）、張加恩（主任）、張凱棋

發行所：台灣角川股份有限公司
地　址：104台北市中山區松江路223號3樓
電　話：（02）2515-3000
傳　真：（02）2515-0033
網　址：www.kadokawa.com.tw
劃撥帳戶：台灣角川股份有限公司
劃撥帳號：19487412
法律顧問：有澤法律事務所
製　版：尚騰印刷事業有限公司
ＩＳＢＮ：978-626-321-280-0